古典文学大字本

蘇軾詞選

刘石 评注

人民文学出版社

图书在版编目(CIP)数据

苏轼词选/刘石评注.—北京:人民文学出版社,2021
(2025.4重印)
(古典文学大字本)
ISBN 978-7-02-017028-9

Ⅰ.①苏… Ⅱ.①刘… Ⅲ.①宋词—选集
Ⅳ.①I222.844

中国版本图书馆CIP数据核字(2021)第039433号

责任编辑 胡文骏
装帧设计 刘 远
责任印制 王重艺

出版发行 人民文学出版社
社 址 北京市朝内大街166号
邮政编码 100705

印 刷 三河市宏盛印务有限公司
经 销 全国新华书店等

字 数 172千字
开 本 710毫米×1000毫米 1/16
印 张 19.75 插页2
印 数 14001—17000
版 次 2005年3月北京第1版
印 次 2025年4月第5次印刷

书 号 978-7-02-017028-9
定 价 39.00元

如有印装质量问题,请与本社图书销售中心调换。电话:010-65233595

目　录

前言 …………………………………………………… 1

浪淘沙(昨日出东城) ……………………………………… 1
行香子(一叶舟轻) ………………………………………… 3
江城子(凤凰山下雨初晴) ………………………………… 6
瑞鹧鸪(碧山影里小红旗) ………………………………… 9
行香子(携手江村) ………………………………………… 12
昭君怨(谁作桓伊三弄) …………………………………… 15
蝶恋花(雨后春容清更丽) ………………………………… 18
少年游(去年相送) ………………………………………… 20
醉落魄(轻云微月) ………………………………………… 23
虞美人(湖山信是东南美) ………………………………… 25
南乡子(回首乱山横) ……………………………………… 27
南乡子(凉簟碧纱厨) ……………………………………… 29
浣溪沙(缥缈危楼紫翠间) ………………………………… 31
减字木兰花(维熊佳梦) …………………………………… 33

采桑子（多情多感仍多病） …………………………… 35
醉落魄（分携如昨） …………………………………… 37
永遇乐（长忆别时） …………………………………… 39
沁园春（孤馆灯青） …………………………………… 42
南乡子（寒雀满疏篱） ………………………………… 45
蝶恋花（灯火钱塘三五夜） …………………………… 47
江城子（十年生死两茫茫） …………………………… 50
江城子（老夫聊发少年狂） …………………………… 53
一丛花（今年春浅腊侵年） …………………………… 56
满江红（天岂无情） …………………………………… 59
满江红（东武南城） …………………………………… 61
望江南（春未老） ……………………………………… 64
水调歌头（明月几时有） ……………………………… 67
江城子（前瞻马耳九仙山） …………………………… 71
江城子（相从不觉又初寒） …………………………… 73
洞仙歌（江南腊尽） …………………………………… 75
阳关曲（暮云收尽溢清寒） …………………………… 78
水调歌头（安石在东海） ……………………………… 80
蝶恋花（簌簌无风花自堕） …………………………… 85
浣溪沙（照日深红暖见鱼） …………………………… 87
浣溪沙（旋抹红妆看使君） …………………………… 89
浣溪沙（麻叶层层苘叶光） …………………………… 91
浣溪沙（簌簌衣巾落枣花） …………………………… 93
浣溪沙（软草平莎过雨新） …………………………… 95

永遇乐(明月如霜) …………………………………… 97
江城子(天涯流落思无穷) ………………………………… 101
卜算子(缺月挂疏桐) …………………………………… 104
南乡子(晚景落琼杯) …………………………………… 107
定风波(与客携壶上翠微) ………………………………… 110
菩萨蛮(柳庭风静人眠昼) ………………………………… 113
水龙吟(似花还似非花) ………………………………… 115
南乡子(霜降水痕收) …………………………………… 119
满江红(江汉西来) ……………………………………… 121
水龙吟(小舟横截春江) ………………………………… 126
水调歌头(昵昵儿女语) ………………………………… 129
定风波(莫听穿林打叶声) ………………………………… 133
浣溪沙(山下兰芽短浸溪) ………………………………… 135
西江月(照野弥弥浅浪) ………………………………… 138
江城子(梦中了了醉中醒) ………………………………… 141
南歌子(带酒冲山雨) …………………………………… 144
哨遍(为米折腰) ………………………………………… 146
念奴娇(大江东去) ……………………………………… 150
洞仙歌(冰肌玉骨) ……………………………………… 155
念奴娇(凭高眺远) ……………………………………… 159
浣溪沙(覆块青青麦未苏) ………………………………… 162
浣溪沙(醉梦昏昏晓未苏) ………………………………… 164
浣溪沙(雪里餐毡例姓苏) ………………………………… 166
浣溪沙(半夜银山上积苏) ………………………………… 168

浣溪沙（万顷风涛不记苏） …… 170
临江仙（夜饮东坡醒复醉） …… 172
满庭芳（三十三年，今谁存者） …… 175
鹧鸪天（林断山明竹隐墙） …… 178
西江月（点点楼头细雨） …… 180
水调歌头（落日绣帘卷） …… 182
满庭芳（归去来兮，吾归何处） …… 186
满庭芳（蜗角虚名） …… 190
南乡子（怅望送春杯） …… 193
阮郎归（绿槐高柳咽新蝉） …… 196
渔家傲（千古龙蟠并虎踞） …… 198
西江月（三过平山堂下） …… 201
如梦令（水垢何曾相受） …… 204
行香子（北望平川） …… 207
浣溪沙（细雨斜风作小寒） …… 209
满庭芳（三十三年，漂流江海） …… 212
满庭芳（归去来兮，清溪无底） …… 216
渔父（渔父饮） …… 220
渔父（渔父醉） …… 221
渔父（渔父醒） …… 222
渔父（渔父笑） …… 223
水龙吟（楚山修竹如云） …… 225
定风波（常羡人间琢玉郎） …… 228
如梦令（为向东坡传语） …… 231

如梦令（手种堂前桃李）…………………………………… 233
好事近（湖上雨晴时）……………………………………… 235
贺新郎（乳燕飞华屋）……………………………………… 237
八声甘州（有情风万里卷潮来）…………………………… 240
临江仙（一别都门三改火）………………………………… 243
木兰花令（霜余已失长淮阔）……………………………… 245
减字木兰花（春庭月午）…………………………………… 248
满江红（清颍东流）………………………………………… 250
减字木兰花（回风落景）…………………………………… 253
青玉案（三年枕上吴中路）………………………………… 255
归朝欢（我梦扁舟浮震泽）………………………………… 258
临江仙（九十日春都过了）………………………………… 262
蝶恋花（花褪残红青杏小）………………………………… 264
西江月（玉骨哪愁瘴雾）…………………………………… 267
西江月（世事一场大梦）…………………………………… 270
减字木兰花（春牛春杖）…………………………………… 272
蝶恋花（蝶懒莺慵春过半）………………………………… 274
蝶恋花（春事阑珊芳草歇）………………………………… 276
蝶恋花（记得画屏初会遇）………………………………… 279
定风波（好睡慵开莫厌迟）………………………………… 281
行香子（清夜无尘）………………………………………… 284
行香子（昨夜霜风）………………………………………… 286
哨遍（睡起画堂）…………………………………………… 289

前　言

一

十一世纪中期的北宋，经过建国后数十年的休养生息，内忧外患虽未曾稍歇，社会经济、文化却得到普遍发展。一代文化巨擘苏轼，就出现在这一时期。

苏轼（1037—1101），字子瞻，又字和仲，号东坡，四川眉山人。二十二岁时便礼部进士及第，并为主考官欧阳修所激赏。后又应直言极谏策问，入第三等，名噪京城。先后在凤翔、杭州、徐州、湖州（今属浙江）、登州（今山东蓬莱）、颍州（今安徽阜阳）、扬州、定州（今河北定县）等地做官，又数任京官，因新旧党争，先后被贬黄州（今湖北黄冈）、惠州、儋州（今海南儋县），卒于常州。

东坡一生经历丰富而坎坷，不论何时何地，沉浮出入，辅君治国、经世致用的抱负不变，怜恤生灵、为民造福的思想不变，襟怀坦荡、独立不阿的品节不变，乐观豁达、幽默风趣的心性不变。正是这些使他的人格发出光辉，王国维《文学小言》六云：

> 三代以下之诗人，无过庄子、渊明、子美、子瞻者。此四子者，若无文学之天才，其人格亦自足千古。故无高尚伟大之人格，而有高尚伟大之文章者，殆未之有也。

足以表达后世学人对东坡人格的无限景仰。他从生前直到今天，一直是中国人最喜爱的一位文人，不是没有原因的。

东坡是一个博学多能、举世罕匹的文艺通才。他的书法绵里裹铁，萧散简远，名居宋四家之首；绘画“离画工之度数，而得诗人之清丽”（《跋蒲传正燕公山水》），以笔墨写意趣，滋味浓郁，是文人画的典型代表；诗歌二千七百多首，纵放透辟，曲折澜翻，是中国诗歌史上的第一流大家；散文四千二百余篇，随物赋形，词达意周，向与韩、柳、欧三家并称，史称唐宋八大家者，他居其一；词作今存三百五十首，数量虽比不上诗文，在词作家中却属高产。尤其是就各类文体各自的发展历史看，苏词创作较之诗文有更大的突破性、更强的创新意识，是古代词苑中珍贵的艺术遗产。

二

林语堂在他那部精彩纷呈的《苏东坡传》中说，“人的一生就像一出戏，只有落幕后才能判断这出戏的好坏”，这句话多少有些绝对。

在苏轼逝世九百多年后的今天，在他长达66年丰富辉煌的一出大戏落幕九百多年后的今天，姑且不论这出大戏的全部，仅就其中一幕的词作来说，戏的主人表演的“好坏”是否已经“判断”清楚了呢？事情远没有如此简单。

九百年来，东坡词领受的各式各样的评价，或钻皮出羽，揄扬升天；或洗垢索瘢，贬抑入地，就其丰富多样性来说，恐怕没有第二家可以比得了。我有时想，东坡泉下有知，会不会因某些不虞之誉而赧颜，又因某些求全之毁而抱屈呢？

谓予不信，请看仅晚东坡四五十年的两位同时人的评价：

> 东坡先生以文章余事作诗，溢而作词曲，高处出神入天，平处尚临镜笑春，不顾侪辈……东坡先生非醉心于音律者，偶尔作歌，指出向上一路，新天下耳目，弄笔者始知自振。

> 至晏元献、欧阳永叔、苏子瞻，学际天人，作为小歌词，直如酌蠡水于大海，然皆句读不葺之诗尔，又往往不协音律者，何耶？

前段见于王灼的词学名著《碧鸡漫志》卷二，后段出自大名鼎鼎的李清照《论词》。一个说他“出神入天”，高出同辈；一个说他“不协音律”，不是词，只算诗。

再看东坡盖棺八百多年后的现代，两位同样著名的词学家的评价：

> 苏轼是宋代伟大的现实主义文学家，他以卓越的天才、广博的学识、开朗的胸襟，写出了大量辉煌的诗、文、词，表达了自己一生的真实经历和丰富的思想情感……他所作的《东坡乐府》，内容广阔，气魄雄伟，语言朴素，一反过去绮罗香泽及离情别绪的局限，是宋词空前的划时代的革新，也是宋词进一步的发展。

> 东坡是大作家，不能限以“词人”，更不能限以“豪放派词人”。他的词像郭老的诗，做得很不经意，很随便，时有妙语警句、深刻至情的话，而全篇精美者少。

前段见于唐圭璋先生的一篇文章《从〈东坡乐府〉里看苏轼和农民的情谊》（载《词学论丛》），后段见于吴世昌先生的《词林新话》。一个是“进一步”，“划时代”；一个是“不经意”，“很随便”。

不仅论总体是如此悬殊，即论一篇具体的作品，轩轾也有如天壤之别的时候。比如这首有名的《定风波》：

莫听穿林打叶声，何妨吟啸且徐行。竹杖芒鞋轻胜马，谁怕，一蓑烟雨任平生。　料峭春风吹酒醒，微冷，山头斜照却相迎。回首向来萧瑟处，归去，也无风雨也无晴。

有人对它顶礼膜拜：

此足征是翁坦荡之怀，任天而动，琢句亦瘦逸，能道眼前景，以曲笔直写胸臆，依声能事尽矣。

有人却将它批得体无完肤：

“一蓑”七字尚无不可，然亦只是申明上二语之意。若“也无风雨也无晴”，虽是一篇大旨，然一口道出，大嚼乃无余味矣。然苦水（顾随自称其号——笔者注）所最不取者，厥维“竹杖芒鞋轻胜马，谁怕”二韵。如以意论，尚无不合，唯“马”、“怕”两个韵字，于此词中，正如丝竹悠扬之中，突然铜钲大鸣；又如低语诉情，正自绵密，而忽然呵呵大笑。“料峭春风”三韵十六字，迹近敷衍，语亦稚弱，而破坏全体底美之罪尚浅于“马”、“怕”二韵九字也。

它们分别见于两位大学者郑文焯的《大鹤山人词话》和顾随的《东坡词说》（载《顾随文集》）。那么这叫读者如何适从？叫我们古典文学的爱好者怎样去接受作为词家的苏轼、去欣赏苏轼的词作呢？

三

这种现象其实不奇怪。越是不平凡的人，越能做出不平凡的事，让人们去品头论足，何况对于文学欣赏，本来就是口有殊味，诗无达诂。

随着时代的推移、文学观念的变迁、评论者个性和文学趣味的差异，历代对东坡词的评价的确言人人殊，但在今天，至少有几点已基本成为大家的共识：

一是扩大词的题材。

清人周济《介存斋论词杂著》说：“北宋有无谓之词以应歌。”所谓应歌，是说词人在绣幌绮筵上创作歌词交给倚红偎翠的歌儿舞女演唱，其目的既是“聊佐清欢”，其内容就不是应景，便是应酬；不仅空虚，而且单调。不外写男女之情，抒离别之恨，格局逼仄，气魄狭小，不仅很难表现作者自我的感情和志趣，甚至难于传达作者自我的声音——往往是以歌伎舞女的身份、用歌伎舞女的口吻而作，所谓“代言”是也。

苏词突破了这种狭小的格局，将写景、记游、说理、咏史、言志、抒怀、悼亡、送别、乡恋、友情、田家、国事、咏物、谐谑等等内容纳入词中。清人刘熙载《艺概·词曲概》称其“无事不可入，无意不可言”，当然多少有些夸张，却正反映出苏词内容前所未有的丰富与充实。在这些丰富而充实的内容中，词人完成了多方面自我形象的塑造、自我情志的抒发，完成了词史上由模拟歌伎舞女声口的“代言”向直抒胸臆的“立言”的转变，完成了由情感内涵的“共性化”向“个性化”的转变。这其中虽然也存在“应歌”乃至“应社”（同上周济语，指在文人聚会时作词以记一时雅兴）的成分，但总体上确实是出以个人的真情实感，亦归于个人的真情实感。金代文学家兼文学批评家的元好问这样说：“自东坡一出，性情之外，不知有文字。”（《新轩乐府引》，《遗山先生文集》卷三六）清人陈廷焯也说：“东坡之词，纯以情胜，情之至者，词亦至。”（《白雨斋词话》卷一）都是一语中的的确评。

二是突破词的音律。

苏词在今天读来自具另一种顿挫错落的节奏感和往复回旋的情感美，但从音律上来看，为了更方便地拓展题材，更自由地表达思想，苏词具有不甚顾及配乐而歌、不受词乐束缚的特点。有足够的史料表明，苏轼不是不懂音律，他的词中间或也有合乐可歌之作，但更多的是不合乐律的作品。关于这一点，他的门人晁补之称：“东坡词，人谓多不谐音律。”（《能改斋漫录》卷一六）后来的李清照（见前引）及陆游（见《老学庵笔记》卷五）都对此有所述及。词乐在南宋后逐渐失传，以至于词到后来完全成了脱离音乐的案头文学，因而这些当时人的论述就成了最可信的证明。我们在苏词中也偶能看到乐句与文句不合处，如《水龙吟·次韵章质夫咏杨花词》末三句“细看来不是杨花，点点是、离人泪”，按律当作五、四、四。《念奴娇·赤壁怀古》“多情应笑我，早生华发”，按律当作四、五。这些也可看成他主文不主声遗留下来的痕迹。

三是创新词的体制。

体制是为内容服务的，内容发生变化，体制亦必随之。

苏轼对词的语言加以改革。为内容的革新与开拓所决定，苏词的语言也一改“花间”词人径小质轻、镂金错彩的面目，以前人诗句入词，以口语、佛语、成典、四部语等入词，大大扩展了语言使用的范围，使词作语言呈现出前所未有的丰富性。他的许多词在章法上不合上景下情的成规，句法上笔力雄劲，戛戛独造，“寓以诗人句法”（借用宋汤衡《张紫微雅词序》评“元祐诸公”语，《于湖先生长短句》，《武进陶氏涉园续刊影宋金元明本词》本)。他开始大量使用词题词序，这是因为他的词反映面广，远非唐末五代缘调而赋或宋初人的内容单一可比，必须加上短题长序，与正文相互补充发明。他还将集句这种诗歌中的形式用于词中，又发明隐括词，将前人或诗或文略加改动而为词作，如《水调歌头》(昵昵儿女语) 隐括韩愈《听颖师弹琴》,《哨遍》(为米折腰) 隐括渊明《归去来兮辞》。这都是将词当作诗文之一体来自由发挥的表现。

四是改变前此婉约一体笼罩词坛的局面，风格呈现多种多样的面貌。

词在发展初期，风格不只是婉约，甚至不以婉约为主。但自晚唐、五代开始，出现了以“花间”、“南唐”为代表的高峰，形成了“侧艳”的内容和“婉约”的词风。在很长一段时间内，词坛都是沿着这条道路发展，因而被看作“正宗”。

婉约是能够充分体现词体“要眇宜修”特质的一种风格，但如果画地为牢，限于婉约的藩篱而裹足不前，就不利于词这种文体的发展。在婉约词风盛行的时代，一直有不少作家尝试着各种各样的创新，到了苏轼，这种创新达到了更高的程度，也取得了更大的成就。这主要指他创立了与婉约相对立的豪放词风。

风格不是一个实体，是题材、情感、语言、声律、体制综合而成的整体效果。正因苏轼在上述诸方面的开拓创新，其风格必然迥异乎传统本色当行词的婉约一路。这种风格，前人多以“横放”、“豪放”称之（见宋赵德麟《侯鲭录》卷八引黄庭坚、陆游《老学庵笔记》卷五、沈义父《乐府指迷》等），其中最著名的是明人张綖的一段话：

按词体大约有二：一体婉约，一体豪放。婉约者欲其辞情蕴藉，豪放者欲其气象恢弘，盖亦存乎其人。如秦少游之作多是婉约，苏子瞻之作多是豪放。（国家图书馆所藏明游元泾校刊《增正诗余图谱》凡例后所附按语）

说“词体大约有二”，说明词之体（风格）不止于婉约和豪放，这是完全正确的；说“苏子瞻之作多是豪放”，却有些问题。豪放是相对于婉约而言的，并无一定的尺度，但拿一般标准来衡量，东坡词称得上豪放的，在他全部词作中实在只是少数。那么为什么是他而不是别人被称为豪放派的开创者和代表者呢？这是因为他的豪放词数量虽然不多，却最具度越恒流的鲜明个性和高度成熟的艺术风格，是它们在后世的影响最大。

另外，他的词作中还有与豪放不尽相同，与婉约又迥乎相异的一派，就是王鹏运所说的“清雄”（《半塘手稿》：“苏文忠公之清雄，敻乎轶尘绝迹，令人无从步趋。”）或王国维所说的“超旷”（《人间词话》：“东坡之词旷，稼轩之词豪。”）。宋王灼《碧鸡漫志》卷二称其：

指出向上一路，新天下耳目，弄笔者始知自振。

胡寅称：

眉山苏氏，一洗绮罗香泽之态，摆脱绸缪宛转之度，使人登高望远，举首高歌，而逸怀浩气，超乎尘垢之外。(《向芗林〈酒边集〉后序》，《斐然集》卷一九，《四库全书》本)

《四库全书总目提要·东坡词》称：

词自晚唐五代以来，以清切婉丽为宗，至柳永而一变，如诗家之有白居易；至轼而又一变，如诗家之有韩愈。

以意逆志，他们所指就是上面所说这几类词作，像《江城子》（老夫聊发少年狂）、《念奴娇》（大江东去）、《水调歌头》（明月几时有）、《八声甘州》（有情风万里卷潮来）、《水调歌头》（落日绣帘卷）、《念奴娇》（凭高眺远）、《归朝欢》（我梦扁舟浮震泽）等，都是其中突出的代表。

同时，东坡也有许多其他风格的词作，或幽峭、或俊逸，或高古、或韶秀，堪与传统婉约大家相颉颃的声情并茂之作亦复不少。清人王士禛就《蝶恋花》（花褪残红青杏小）一词感慨道：

恐屯田（柳永）缘情绮靡，未必能过。孰谓坡但解‘大江东去’耶？(《花草蒙拾》)

贺裳评另一首《浣溪沙》（道字娇讹苦未成）中的两句："彩索身轻长趁燕，红窗睡重不闻莺"，也说：

如此风调，令十七八女郎歌之，岂在‘晓风残月’之下。(《皱水轩词筌》)

不过东坡的这种缠绵芳菲之作与传统的婉约词相较，未尝没有自己的特点，概乎言之，就是内容上尘俗的成分减少，情致的成分增加；艺术上浓艳的成分减少，温润的成分增加了。

以上四点是苏词的特色，也是苏词对于词史的突破。苏词的这些特色与突破，是在作者"以诗为词"(语出苏门六君子之一的陈师道《后山诗话》)的指导思想下产生的，是他有意将词当作"长短句诗"（《与蔡景繁书》)来创作，有意革新词体的产物。胡适曾将词分作"歌者之词"、"诗人之词"、"匠人之词"（《词选》前言)，东坡词由于这些革新，获得了"诗人之词"的称号。

苏词在词史的地位极为突出，这不仅因为他词体创作的总体成就，也因为他革新词体，给词坛带来的震荡，在词学界引起的争议。他“以诗为词”，有意追求诗词合流，目的在于“尊体”，即将词在当时普遍为人轻视的“小道”、“诗余”的地位，提高到与诗相等的地位，确实也在一定程度上解放了词体，为词坛带来了新气象。但他的这种做法，难免在一定程度上损伤已为大家普遍接受的词体特有的素质，或多或少减弱词体独具的韵味。加上他天分充盈，天性洒落，“每事俱不十分用力，古文书画皆尔，词亦尔”（《介存斋论词杂著》），词作中明显存在率意之处和游戏之作，恰恰与他“尊体”的目的形成对立。从东坡同时起，历代陆续有人从注重文体特性的角度提倡文体独立，反对“诗词合流”，上节所引针锋相对的两种观点，有些就是因此而产生，不是没有道理的。

四

《全宋词》收东坡词350首。本书从中选出109首，近于全部的三分之一。有些作品根据其他版本校改，个别字词会有不同。选录的标准，有意兼顾到不同的题材、风格、形式和艺术特色这四方面。选目的编排依写作先后为序，不能编年的，置于最后。关于注释，力求避免“别人懂的我详注，别人不懂的我不注——因为我也不懂”这一现代注释中屡见不鲜的常例，尽量做到只要自己不懂的就一定不放过它，哪怕冒因不藏拙而出丑的危险。同时也兼顾可能读到本书的非专业文史爱好者，考虑到需要为他们作哪些注释。

最令人心中没底的是每篇所附的赏评文字。诚如钱锺书先生《围城》中的俏皮话，虽然花了不少心血和身血（因为天热蚊咬），我最害怕看的就是这部分。因为在真正的艺术面前，谁都会有闻一多在《春江花月夜》面前的相同感慨，“一切的赞叹是饶舌，几乎是渎亵”。刘昼《刘子·正赏》说：“赏者，所以辨情也；评者，所以绳理也。赏而不正，则情乱于实；评而不均，则理失其真。”然则辨情绳理，岂易事哉！“佛头着粪”这句话我曾送给过别的注本很多次，看来这次得轮回到自己了。

顾随（苦水）先生解说坡公《西江月》（照野瀰瀰浅浪）时说：“一首《西江月》字句之美，有目共赏。苦水若再逐字逐句，细细说下去，便是轻量天下学人，罪过不小。”又在分析《减字木兰花》时说：“好好一首《减字兰花》，今被苦水说东话西，支解车裂，真真何苦。其实一部《东坡乐府》，其中好词，亦俱不许如此说。然而苦水十日之间，居然说了整整十首，虽然心不负人，面无惭色，也须先向他东坡居士忏悔，然后再向天下学人谢罪。”（《东坡词说》）苦水何人？竟至于向作者忏悔，向读者谢罪。我辈应该怎样做，这还用得着说吗！

本书的编年、注释和赏评，参考了自南宋傅干而下的众家著述，其中有径加引用处，亦有未敢遽同处。“有同乎旧谈者，非雷同也，势自不可异也；有异乎前论者，非苟异也，理自不可同也。”（《文心雕龙·序志》）有一点是可以肯定的，没有前人的研究成果，连这样一本需要忏悔和谢罪的小书也很难于完成。

刘石

二〇〇三年六月二十三日，改于汉城

浪淘沙

昨日出东城，试探春情[1]。墙头红杏暗如倾[2]。槛内群芳芽未吐[3]，早已回春。　　绮陌敛香尘[4]，雪霁前村[5]。东君用意不辞辛[6]。料想春光先到处，吹绽梅英[7]。

【注释】

1　探春情：旧时都市仕女正月间游宴郊野，称探春。春情：春天的消息。

2　“墙头”句：红杏色暗，有如倾泻而下，意谓其茂密。

3　槛（jiàn 见）：栏杆。

4　绮（qǐ 乞）陌：美丽的道路。绮，本义为素地花纹丝织品。陌，田间小路。香尘：女子经过而起之尘，也指尘土掺和落花。唐郭遵《赋得春风扇微和》：“绮陌尽无尘。”

5　霁（jì 记）：雨雪停止后转晴。

6　东君：司春之神，掌管春天的来去。唐成彦雄《柳枝词》之三：“东君爱惜与先春，草泽无人处也新。”

7　英：花。

【解读】

熙宁五年（1072）正月作于杭州。

作者于熙宁四年底赴杭州任通判，旋即迎来平生在江南的第一个早春。他对江南的春天充满期待，虽然时不过正月，已迫不及待地“出东城”，去“试探春情”了。“墙头红杏暗如倾”数句，连用“倾”、“吐”、“回”、“敛”、“霁”五个动词，富有动感地描写出江南春意初现的勃勃生机。再用“东君”一句总结，写出对造物主的感激之意。至煞尾“料想”二句，忽转实写为悬想，想象春回大地之后梅花怒放，显示出此时的作者虽然因忤新法自求外任，仍然对生活的前景充满了信心。这首早期的词作，充满开朗蓬勃的气息，艺术上具有不假修饰、自然清新的特点。

行香子

过七里滩[1]

一叶舟轻，双桨鸿惊[2]。水天清、影湛波平[3]。鱼翻藻鉴[4]，鹭点烟汀[5]。过沙溪急，霜溪冷，月溪明。　　重重似画，曲曲如屏[6]。算当年、虚老严陵[7]。君臣一梦，今古虚名[8]。但远山长[9]，云山乱，晓山青。

【注释】

1　七里滩：又名七里濑，在今浙江桐庐严陵山西，与严陵濑相接。

2　“双桨”句：船桨掠水如鸿雁惊飞。三国魏曹植《洛神赋》：“翩若惊鸿。”

3　湛：清澈。

4　藻鉴：水下长满水草，水面如镜般平滑。鉴，镜子。

5　点：一触即起。烟汀（tīng 听）：雾霭迷濛的小洲。

6　“重重”二句：宋叶梦得《避暑录话》卷上：“（七里濑）两山耸起壁立，连亘七里。”《太平寰宇记》卷七五引《舆地志》：“桐庐有严陵山，境尤胜丽，夹岸是锦峰绣岭。”可知此二句是实写山势之美。

7　“算当”二句：谓想起当年终老于此的严子陵。子陵汉人，名光，会稽余姚（今属浙江）人，少时即有高名，与刘秀同游学。刘秀即帝位，子陵改变姓名，隐身不见。被征到京，以“士故有志”为辞，辞官耕钓于桐庐南之富春山，后人称为严陵山。事见《后汉书》本传。

8　“君臣”二句：古往今来，这对君臣间的故事杳如梦幻，严光的高逸之名也虚渺难寻。古人认为严光因隐居而获名声。唐韩偓《招隐》：“时人未会严陵志，不钓鲈鱼只钓名。”

9　但：只有。

【解读】

熙宁六年（1073）春放舟过桐庐时作。

古代文人多徘徊于仕隐矛盾之间，一方面希望才为所用，实现修齐治平的理想；一方面仰羡遗世独立的隐士，追踪其高蹈绝尘的名声。汉代严光和唐尧时的巢父、许由一样，辞天下不受，就是这样一个为人仰羡的人物。后人称他隐居的山为严陵山，又名其钓处为严陵濑，并设子陵钓台以为纪念，范仲淹《桐庐郡严先生祠堂记》以“云山苍苍，江水泱泱。先生之风，山高水长”四句赞之，更使他清名长播，至今不歇。

词作用清冷的笔触，描绘旖旎如画的富春风光，弥漫着淡云疏烟般的惆怅，同时又体现出一种疏放的气度。这时的作者三十七岁，仕途的磨难既是后来的事，壮年的心中不免充满希冀。他感慨于“君臣一梦，古今虚名”，更在为严光“算当年，虚老严陵”的惋惜中不经意透露了内心的志向。不像后来，艰辛备尝之后，他说的就是“几时归去，作个闲人，对一张琴，一壶酒，一溪云”（《行香子》）了。

江城子

湖上与张先同赋[1]，时闻弹筝。

凤凰山下雨初晴[2]，水风清，晚霞明。一朵芙蕖[3]、开过尚盈盈[4]。何处飞来双白鹭，如有意，慕娉婷[5]。　　忽闻江上弄哀筝[6]，苦含情[7]，遣谁听[8]？烟敛云收，依约是湘灵[9]。欲待曲终寻问取[10]，人不见，数峰青。

【注释】

1　湖：西湖。张先：字子野，著名词人，年长东坡四十七岁。同赋：用同一题材作诗词。张先此词今不存。

2　凤凰山：在杭州城南，下临钱塘江。苏轼《与文与可》："官居在凤凰山下，此山真如凤，有两翅。"

3　芙蕖：荷花。

4　盈盈：美好貌。

5　娉（pīng 乒）婷：仪态美丽。指上文所言芙蕖，同时暗喻下文出现的弹筝者。

6　哀筝：筝乐声哀婉，故称。三国魏曹丕《与吴质书》："高谈娱心，哀筝顺耳。"

7　苦：甚，很。

8　遣：使，让。

9　湘灵：湘水之神，帝尧二女娥皇、女英溺死湘水后化成。屈原《楚辞·远游》："使湘灵鼓瑟兮，令海若舞冯夷。"

10　寻问：询问，探问。取：语助，有"得"的意思。以下三句化用唐钱起《省试湘灵鼓瑟》："曲终人不见，江上数峰青。"

【解读】

熙宁六年（1073）初夏作于杭州。

上片写"湖上"。起三句总写西湖景致，后五句分写湖面荷花和空中白鹭，凭空想象白鹭飞临是因向慕荷花之美丽。下片转写"闻弹筝"。前五句分写哀筝声和弹筝人，煞尾三句化用唐人诗句，将人景合写。借"湘灵鼓瑟"典，以湘灵喻弹筝者，使全篇于诗情浓郁之中，平添几分灵秘幽渺。借唐人诗句入词，本是宋人常用手法，但所采唐诗题为"湘灵鼓瑟"，与词中"依约是湘灵"的比喻正相承接，诗句中的青青数峰也与词中雨过天晴的凤凰山形成呼应，显示出作者融旧为新的高超本领。

宋人对此词传说颇多。或谓东坡与二友游西湖，"湖心有一彩舟渐近亭前，靓妆数人，中有一人尤丽，方鼓筝，年且三十余，风韵娴雅，绰有态度，二客竞目送之，曲未终，翩然而去。公戏作长短句。"（张邦基《墨庄漫录》卷一）是则客慕弹筝女；或谓"至湖心，有小舟翩然至前，一妇人甚佳，见东坡，自叙：'少年景慕高名，以在室无由见，今已嫁为民妻，闻公游湖，不避罪而来，善弹筝，愿献一曲，辄求一小词，以为终身之荣，可乎?'东坡不能却，援笔立成与之。"（袁文《瓮牖闲评》卷五）是则弹筝女慕东坡。小说家姑妄言之，我们姑听之可也。

瑞鹧鸪

观潮[1]

碧山影里小红旗[2]，侬是江南踏浪儿[3]。拍手欲嘲山简醉[4]，齐声争唱浪婆词[5]。　　西兴渡口帆初落[6]，渔浦山头日未攲[7]。侬欲送潮歌底曲[8]？尊前还唱使君诗[9]。

【注释】

1　观潮：宋吴自牧《梦粱录》卷四“观潮”：“临安风俗，四时奢侈，赏玩殆无虚日。西有湖光可爱，东有江潮堪观，皆绝景也。每岁八月内，潮怒胜于常时，都人自十一日起，便有观者，至十六、十八日倾城而出，车马纷纷，十八日最为繁盛，二十日则稍稀矣。”此风俗至今为然。

2　碧山：喻潮水掀起的巨浪。宋周密《武林旧事》卷三“观潮”：“浙江之潮，天下之伟观也。自既望以至十八日为最盛。方其远出海门，仅如银线。既而渐近，则玉城雪岭，际天而来。大声如雷霆，震撼激射，吞天沃日，势极雄豪。”小红旗：弄潮儿手执之物。

3　侬：我。

4　“拍手”句：《晋书·山涛传》载，山涛之子山简嗜酒，常出游，每饮必醉，时有儿童歌曰："山公出何许？往至高阳池。日夕倒载归，茗艼无所知。"茗艼，同"酩酊"。唐李白《襄阳歌》："襄阳小儿齐拍手，拦街争唱《白铜鞮》。旁人借问笑何事，笑杀山公醉似泥。"

5　浪婆：波涛之神。古时弄潮儿要饮酒拜波涛之神。唐孟郊《送淡公》其三："铜斗饮江酒，手拍铜斗歌。侬是拍浪儿，饮则拜浪婆。脚踏小船头，独速舞短蓑。"

6　西兴渡口：在今浙江萧山西，与杭州隔江相对，是当时吴越一带重要的渡口。

7　渔浦：在今杭州，与六和塔隔江相对，是当时的繁华之地。攲（qī 七）：斜。

8　底：什么。古时弄潮，开头唱迎潮曲，结束唱送潮曲，故有此句。

9　尊：通"樽"，酒器。使君：知州的别称，指当时与其同游的杭州知州陈襄。

【解读】

熙宁六年（1073）八月十五日作于杭州。

唐人孟郊句云："侬是清浪儿，每踏清浪游。笑伊乡贡郎，踏土称风流。"（《送淡公》其五）写弄潮儿嘲笑书生文弱，夸耀自己的勇健。其实文弱的书生也对弄潮心向往之。早于东坡数十年的潘阆，有《酒泉子》一词咏观潮："长忆观潮，满郭人争江上望。来疑沧海尽成空，万面鼓声中。弄潮儿向涛头立，手把红旗旗不湿。别来几向梦中看，梦觉尚心寒。”晚于东坡二百年的周密，也有《观潮》一文写弄潮：“吴儿善泅者数百，皆披发文身，手持十幅大彩旗，争先鼓勇，溯迎而上，出没于鲸波万仞中，腾身百变，而旗尾略不沾湿，以此夸能。”（《武林旧事》卷三）这长长的一段形容、刻画，用词句来表达，可不就微缩成了“弄潮儿向涛头立，手把红旗旗不湿”一联、“碧山影里小红旗”一句？

与潘阆词“忆”观潮不同，东坡词是“观”潮。上片写迎潮，下片写送潮，弄潮儿或手持红旗，劈波斩浪；或开怀豪饮，齐声高唱。中间插入“西兴渡口”二句写景，展示了时间的推移，也舒缓了紧张的节奏。与此词同时，东坡还写了《八月十五日看潮》七绝五首，其中有“欲识潮头高几许，越山浑在浪花中”的句子。以同一题材同时入诗词，这在东坡是常有的事。

行香子

丹阳寄述古[1]

携手江村，梅雪飘裙[2]。情何限[3]、处处销魂[4]。故人不见[5]，旧曲重闻。向望湖楼[6]，孤山寺[7]，涌金门[8]。　寻常行处[9]，题诗千首，绣罗衫与拂红尘[10]。别来相忆，知是何人？有湖中月，江边柳，陇头云[11]。

【注释】

1　丹阳：今属江苏。述古：姓陈名襄，时任杭州知州。

2　梅雪：似雪之白梅。裙：同游官妓所穿。

3　何限：意即“无限”。

4　销魂：魂魄离散，形容极度愁苦或快乐的一种状态。

5　故人：作者自指。此为作者设想述古称自己。

6　望湖楼：五代时吴越王钱氏所建，在西湖昭庆寺前。

7　孤山寺：又名广化寺，在西湖西侧孤山上。

8　涌金门：宋时杭州的正西门，面向西湖。

9　“寻常”句：平时经行之处。用唐杜甫《曲江二首》其二句：“酒债寻常行处有。”

10 “绣罗”句：宋吴处厚《青箱杂记》卷六：“世传魏野尝从莱公（北宋名相寇准）游陕府僧舍，各有留题。后复同游，见莱公之诗已用碧纱笼护，而野诗独否，尘昏满壁。时有从行官妓颇慧黠，即以袂就拂之。野徐曰：‘若得常将红袖拂，也应胜似碧纱笼。’莱公大笑。”此句用此典，自比魏野，以示谦抑，以陈述古比寇准，以表尊崇，同时含有自己在西湖的题诗受到别人喜爱之意。绣罗衫，女子服饰。宋时州郡官员出游，常有官妓相从，故此句也可能为实写。

11 陇：通“垄”，本义为土堆，此指孤山。

【解读】

熙宁七年（1074）正月作于丹阳。

作者到杭州通判任的第二年（熙宁五年），陈述古来任知州，两人数年间诗词酬答，相处甚洽。作者熙宁六年十一月离杭去镇江（今属江苏）赈济饥民，次年正月行经丹阳时作此词。

此作艺术可称之处有二，一是全篇采用对面着笔的构思。上片设想此时陈述古在杭州携妓冬游，重闻与自己同游时的旧曲，唤起他对“故人”——我的思念，于是向旧游处走去，从而引出换头数句。下片依然出于设想。“寻常”三句用典，想象述古携妓同观自己的题诗。末数句说，陈述古一定对自己十分思念。设想对方思念自己，实质是说自己思念对方，却较直说更能体现彼此间的相知之深。二是表达含蓄深情。从对面着笔既是一种构思，也是一种表达方式。这种表达方式造成的效果，就是委婉蕴藉。同时词作在具体写法上也含蓄有致。煞尾“别来相忆，知是何人”问句之下，接以“有湖中月”三句，湖指西湖，江指浙江，陇指孤山，都是二人旧日同游的杭州山水。连杭州山水都思念我，杭州山水的主人对我的思念就是不言自明的了。全篇结束在富有诗意的三种自然景物中，颇有言尽意不尽之意。

昭君怨

金山送柳子玉[1]

谁作桓伊三弄[2]，惊破绿窗幽梦[3]。新月与愁烟，满江天[4]。　　欲去又还不去，明日落花飞絮[5]。飞絮送行舟，水东流。

【注释】

1　金山：在镇江西北，宋时为长江岛屿，现已与长江南岸相连。柳子玉：名瑾，其子是作者堂妹婿。能诗，作者称之为“诗翁”（《金山寺与柳子玉饮，大醉，卧宝觉禅榻，夜分方醒，书其壁》），又有“元轻白俗，郊寒岛瘦，嘹然一吟，众作卑陋”（《祭柳子玉文》）之语。

2　“谁作”句：《世说新语·任诞》：“王子猷出都，尚在渚下，旧闻桓子野善吹笛，而不相识。遇桓于岸上过，王在船中，客有识之者，云是桓子野，王便令人与相闻，云：‘闻君善吹笛，试为我一奏。’桓时已贵显，素闻王名，即便回下车，踞胡床，为作三调。弄毕，便上车去，客主不交一言。”此句用此典，不过说听见了笛声。桓伊，字叔夏，小名子野，东晋人。三弄，演奏三支曲子。

3　绿窗：纱窗，常指女子居室。聂夷中《乌夜啼》：

"还应知妾恨，故向绿窗啼。"

4　愁烟：江面上雾气迷漫似愁。唐孟浩然《宿建德江》："移舟泊烟渚，日暮客愁新。野旷天低树，江清月近人。"

5　落花飞絮：唐戴叔伦《暮春感怀》其一："落花飞絮成春梦。"

【解读】

熙宁七年（1074）二月作。

作者从杭州往镇江赈饥，柳子玉与其同行。抵镇江后，子玉又将转往舒州（今安徽潜山）灵仙观，作者以《送柳子玉赴灵仙》一诗及此词相赠，诗中有"世事方艰便猛回，此心未老已先灰"之句，显示了与情兼戚友的柳子玉分别时心绪的抑郁。

送行之作多写当时场景，这首赠别词匠心独运，选取的是离别的前夜。先写不知何处传来悠扬的笛声，惊醒了自己本来心绪不宁的幽梦。再写醒后推窗远眺，但见新月一弯，愁烟满渚，江天迷濛。虽是写景，凄迷之情已在其中。今夜无眠，无法阻止脑海中翻滚的思绪，于是自然逗出想象中明日送别的场面：落花飞絮的渡口，浩浩东流的江水，欲去难去而不得不去的行人。

南唐李煜脍炙人口的名句："问君能有几多愁，恰似一江春水向东流。"（《虞美人》）北宋贺方回脍炙人口的名句："试问闲愁都几许，一川烟草，满城风絮，梅子黄时雨。”(《青玉案》)东流的江水、散落的花瓣和飞舞的柳絮，都可以成为行者与送行者心中离怀别绪的外化之物。这首词中的“飞絮送行舟，水东流”堪称异曲同工，迷濛之景与凄迷之情在这里融合，形成深远的意境。

蝶恋花

京口得乡书[1]

雨后春容清更丽，只有离人，幽恨终难洗[2]。北固山前三面水[3]，碧琼梳拥青螺髻[4]。

一纸乡书来万里，问我何年、真个成归计[5]。回首送春拚一醉[6]，东风吹破千行泪。

【注释】

1　京口：即镇江。三国吴孙权曾在此建首府，称京城，首府迁至建业（今江苏南京）后，改称京口。

2　幽恨：心中隐埋的怨悔。

3　北固山：在镇江市北。《世说新语·言语》注引《南徐州记》：“（京口）城西北有别岭入江，三面临水，高数十丈，号曰北固。”

4　“碧琼”句：碧琼，绿色的美玉，喻江水。梳拥，像梳子般梳理、簇拥。青螺髻，状似青螺的发髻，喻北固山。唐刘禹锡《望洞庭》：“遥望洞庭山水翠，白银盘里一青螺。”唐雍陶《题君山》：“应是水仙梳洗处，一螺青黛镜中心。”

5　真个：真的。个，语助。

6　拚：心甘情愿，豁出去。

【解读】

熙宁七年（1074）三月作于镇江。

上片写所处之地京口之景。用反衬法，如碧琼之水梳理似螺髻之山，雨后春容更显清丽，但雨水只洗春容，无法洗去自己心中的幽恨。春容愈清丽，幽恨愈缠绵。幽恨为何，并未说出，但读及下片，就不难明了。下片抒因得乡书而生的乡梓之情。用对比法，“一纸乡书”对“万里”家山，“拚一醉”对“千行泪”。前者表现乡人作书盼归的深情厚意，后者突出自己爽约的无奈和思归不得的沉痛。

作者三十二岁时（熙宁元年冬，1068）最后一次离开眉山，从此“万里家山一梦中”（《蜀州报本禅院乡僧文长老方丈》），对家乡的感情只能表现于不绝的吟哦，直到他度过另一个三十多年，辞别人世为止。

少年游

润州作[1]，代人寄远[2]。

去年相送[3]，余杭门外[4]，飞雪似杨花[5]。今年春尽，杨花似雪[6]，犹不见还家[7]。　对酒卷帘邀明月[8]，风露透窗纱。恰似姮娥怜双燕[9]，分明照、画梁斜[10]。

【注释】

1　润州：即今镇江，因州东有润浦得名。

2　寄远：作诗词寄给远方的亲人，多指女子寄诗词给羁旅在外的丈夫或情人。此词所“代”之“人”，实为作者之妻王闰之，“远”指自己。作者在镇江赈饥，其妻留杭州。

3　去年相送：词作于熙宁七年四月，作者于上年十一月离杭。

4　余杭门：宋时杭州北门之一。余杭，即杭州。

5　“飞雪”句：离杭事在熙宁六年十一月，故有飞雪。杨花，暮春时杨树开花，似飞雪。杨花与柳絮相似，古人诗词常以之喻飞雪，《世说新语·言语》载谢安问“白雪纷纷何所似”，侄儿谢朗答“撒盐空中差可拟”，侄女谢道蕴不以为然，说“未若柳絮因风起”。

6　“杨花”句：词作于暮春时节，故有杨花。以雪喻杨花，出唐韩愈《晚春》：“杨花榆荚无才思，唯解漫天作雪飞。”

7　“犹不”句：作者此时仍滞镇江，故有此句。以上六句，前后三句形成对比，与《诗经·小雅·采微》“昔我往矣，杨柳依依；今我来思，雨雪霏霏”立意相仿佛。

8　“对酒”句：李白《月下独酌》：“举杯邀明月，对影成三人。”此用其意，表示妻子一人独酌。

9　姮（héng 恒）娥：月中女神，传为唐尧时后羿之妻，窃取丈夫不死药后奔入月宫。“姮”本作“恒”，避汉文帝刘恒讳改“常”，通常写作“嫦”。这里代指月亮。

10　画梁：雕有花纹的屋梁，燕子憩息之所。战国宋玉《神女赋序》：“其始来也，耀乎若白日初出照屋梁；其少进也，皎若明月舒其光。”

【解读】

熙宁七年（1074）四月作于镇江。

词作思念异地的妻子，却不直写思念，而是采取另一种形式，即代妻子写她在家中思念自己。此前我们看过屈原的《山鬼》：“子慕予兮善窈窕”、“君思我兮不得闲”、“君思我兮然疑作”；又有杜甫的《月夜》：“今夜鄜州月，闺中只独看……香雾云鬟湿，清辉玉臂寒。”但二诗实仍从自己着笔，只是“心已神驰到彼，诗从对面飞来”（清浦起龙《读杜心解》卷三之一）而已。这首词则完全不出自己，而是代对方来写，属于代言体。

“妻子”在上片中写道：去年在杨花般的飞雪中送你，此刻在飞雪般的杨花中盼你。利用送别和作词时两个季节典型景物可以互拟的特点，巧妙组织词句，在对比中表现出时间的推移和思念的绵延。洁白的雪花和纷扬的杨花象征着情思，回环往复的修辞则增强了词作的韵味。下片中“妻子”继续说，为排遣孤寂而邀明月共饮，月亮却照着画梁上成双成对的燕子，仿佛偏爱它们。言外是说，月亮初上，照见燕子双栖，更加重了自己的孤寂之感。

词作含蓄典雅，宛然女性口吻，是一首出色的代言之作。只不过所代对象不是歌儿舞女，而是深爱的妻子，这是与同类作品根本不同之处。借这种托为思妇怀己的方式曲折深婉地抒发行役思归之情，在艺术上也是有特别之处的。

醉落魄

离京口作

轻云微月，二更酒醒船初发[1]。孤城回望苍烟合[2]。记得歌时，不记归时节[3]。　巾偏扇坠藤床滑，觉来幽梦无人说。此生飘荡何时歇。家在西南，常作东南别[4]。

【注释】

1　二更（gēng 庚）：约为夜晚九至十点。古代一夜分五更。

2　合：笼罩。

3　“记得”二句：写酩酊状。李白《鲁中都东楼醉起作》：“昨日东楼醉，还应倒接䍦。阿谁扶上马，不省下楼时。”晏几道《蝶恋花》：“醉别西楼醒不记，春梦秋云，聚散真容易。”句意相近。

4　东南别：作者自京口往位于京口东南的丹阳（今属江苏），与地处西南的家乡背道而驰，故云。又，作者自熙宁四年（1071）底至杭州作通判，至此已近三年，常因往来各地而与亲友分别。杭州在中国东南部，亦可如此云。

【解读】

熙宁七年（1074）四、五月间离镇江时作。

词作用逆挽法，从酒醒船发时着笔，倒叙临行前酒宴上的乘醉而归，再挽回到此刻刚从巾偏扇坠的睡梦中醒来，以及梦醒后心中平添的感慨。使词作情感力度加强的是煞尾三句："此生飘荡何时歇？家在西南，常作东南别。"东坡享寿六十六岁，他在生命的中程离蜀北上，再未踏上故乡的土地。"我生飘荡去何求"（《龟山》），"我今漂泊等鸿雁，江南江北无常栖"（《与子由游寒溪西山》），在三十多年的游宦、贬谪、辗转四方中，一再吟哦道："归去来兮，吾归何处，万里家在岷峨"（《满庭芳》），"梦到故园多少路，酒醒南望隔天涯"（《浣溪沙》），"吟断望乡台，万里归心独上来"（《南乡子》），"西望峨嵋，长羡归飞鹤"（《醉落魄》），"荔子已丹吾发白，犹作江南未归客"（《寄蔡子华》），"岷峨家万里，投老得归无"（《南康望湖亭》）……在此词中我们又听到了这样的吟哦。联系到东坡一生的坎坷遭遇，这样的句子真足以令有情人动容。由此三句向前推溯，也不难猜测他想向人倾诉的幽梦是什么，他在离别宴席上歌诵的是什么了。

其实东坡一生的飘荡在此时才刚刚开始，他不会想到，还有黄州、惠州、儋州这样更大的飘荡在等待他，也不会想到，他的"此生飘荡"竟然只能至死方歇，更不会想到，他的"万里归心"，真的只能在"一梦中"去实现了。

虞美人

有美堂赠述古[1]

湖山信是东南美[2]，一望弥千里[3]。使君能得几回来[4]？便使樽前醉倒[5]、且徘徊。　　沙河塘里灯初上[6]，水调谁家唱[7]？夜阑风静欲归时[8]，唯有一江明月、碧琉璃。

【注释】

1　有美堂：南宋陈岩肖《庚溪诗话》卷上载，嘉祐二年（1057），梅挚出知杭州，宋仁宗赐诗曰："地有吴山美，东南第一州。"梅挚在西湖东南吴山最高处建堂，名"有美堂"。苏轼在杭任通判时与陈述古多次游历，并有题咏。

2　"湖山"句：用上举宋仁宗诗意。信，的确。

3　弥：满，遍。

4　使君：指陈述古。

5　便使：即使。唐陆龟蒙《自遣诗三十首》之十："便使笔精如逸少，懒能书字换群鹅。"

6　沙河塘：杭州城南的繁华地段，与钱塘江相通。作者《望湖楼晚景五绝》其五："沙河灯火照山红。"

7　水调：原为唐代大曲（由若干乐段组成的大型乐

曲），宋代沿袭。这里当指《水调歌头》（组成大曲的若干乐段分散序、中序、破三部分，“歌头”是中序的第一支曲）。

8 阑：晚，将尽。

【解读】

熙宁七年（1074）七月作于杭州。

陈述古离杭州知州任前数日，在有美堂宴客时命僚属东坡作此词（见宋傅干《注坡词》卷八引宋杨绘《本事集》）。其作意在送别述古，却以主要篇幅写杭州湖山之美和城市之盛。这是因为作词的地点在有美堂，作者自会想到“地有吴山美”的得名之由；也因为身居有美堂上，东南第一州的胜景可以尽收眼底，所谓“独所谓有美堂者，山水登临之美，人物邑居之繁，一寓目而尽得之。盖钱塘兼有天下之美，而斯堂又尽得钱塘之美焉”（欧阳修《有美堂记》）。《本事集》说，东坡作词时，月色皎洁如练，前望钱塘江，后望西湖，沙河塘正在有美堂下，于是当庭挥毫，即席而就。这样，尽入眼底的湖光山色出现在笔底，就是自然而然的事。但作者渲染湖山胜景，实是为烘托惋别述古的气氛。湖山如此之美，使君再来几回，因而希望他开怀畅饮，不辞一醉。词作以开阔的胸襟表达深沉的情思，虽为惜别之作，却不消沉缠绵；只说珍惜景色，不说珍惜友谊，而珍惜友谊之情已溢乎言辞了。

南乡子

送述古[1]

回首乱山横，不见居人只见城[2]。谁似临平山上塔[3]，亭亭[4]，迎客西来送客行[5]。　归路晚风清，一枕初寒梦不成。今夜残灯斜照处，荧荧[6]，秋雨晴时泪不晴。

【注释】

1　送述古：陈襄以杭州知州转任南都（今河南商丘南）知州，故送之。

2　居人：居于城中之人，指陈襄。《诗经·郑风·叔于田》："叔于田，巷无居人。岂无居人，不如叔也洵美且仁。"城：指临平山所在的临平镇，据《咸淳临安志》卷二十，在杭州东北四十五里。

3　临平山：在临平镇东十余里，山上有塔。作者《次韵杭人裴维甫》："一别临平山上塔，五年云梦泽南州。"

4　亭亭：高耸独立貌。

5　迎客西来：临平山在杭州城东，述古自城中来，故云。

6　荧（yíng 迎）荧：微光闪亮貌，此指灯下泪光。

【解读】

熙宁七年（1074）八月作于杭州临平。

杭州知州陈襄转守南都，作者赶到临平山下的临平镇与其道别。通常认为，发端二句写在临平回望杭城，居人指陈襄，陈襄在临平，故不见居人只见杭城，以此表达对陈襄离去的惆怅。但陈襄既已身在临平，作者赶赴临平送之，为何还要回望杭城？说“不见居人”还有什么意义？接下“谁似”三句与发端二句的回首杭城而不见人有何关系？怎样将它们连贯起来理解？上片的脉络如何把握？这些都成了不好理解的问题。

此词应当作于至临平镇为陈襄送行后的返杭途中。上片是归途中回视临平山（乱山）和临平镇（城），居人指临平镇中的陈襄。这样，发端二句与“谁似”三句就怡然理顺了：分手后视野中只有你呆过的城镇而不见你的身影，但临平山上塔是仍能看见你的，它不仅能迎客西来，还能送客远行，谁能做到像塔那样呢？发端二句的笔法与唐人岑参“山回路转不见君，雪上空留马行处”（《白雪歌送武判官归京》）、欧阳詹“高城已不见，况复城中人”（《初发太原途中寄太原所思》）以及自己的“登高回首坡垅隔，但见乌帽出复没”（《辛丑十一月十九日，既与子由别于郑州西门之外，马上赋诗一篇寄之》）一脉相沿，写行人已远而故人不可复见，临歧执别、恋恋不舍的情绪深沉动人。

南乡子

和杨元素[1]

凉簟碧纱厨[2]，一枕清风昼睡余[3]。卧听晚衙无个事[4]，徐徐，读尽床头几卷书。　　搔首赋归欤[5]，自觉功名懒更疏。若问使君才与气[6]，何如？占得人间一味愚[7]。

【注释】

1　杨元素：名绘，时为杭州知州。

2　簟（diàn 电）：竹席。纱厨：纱帐。唐王建《赠王处士》："松树当轩雪满池，青山掩障碧纱厨。"

3　睡余：睡醒之后。

4　晚衙：古时官署一日两次坐衙办公，晚间的一次称晚衙。唐白居易《北亭招客》："能来尽日观棋否，太守知慵放晚衙。"个：一点儿。

5　搔首：挠头。赋归欤（yú 于）：作归隐之诗。归欤，谓归隐，语出《论语·公冶长》："子在陈，曰：'归与，归与！'"'与'同'欤'，语词。

6　使君：指杨元素。

7　占得：拥有。一味：全部，整个。

【解读】

熙宁七年（1074）九月作于杭州。

全篇拟知州杨元素的口吻而写。上片写其白天睡觉，晚间坐衙，无事悠闲，卧床读书。笔调闲雅飘逸，正与杨元素内心的轻松愉悦相符称。但读至下片，便知杨元素所以要“赋归欤”，是知道自己疏于功名；而其所以疏于功名，又是因为个性不容于世，也就是终篇所云“占得人间一味愚”——人间所有的愚蠢之事都叫他赶上了。

词作用杨元素的口吻来写，也是在写杨元素，同时何尝不是在写自己。作者的爱妾朝云说作者“一肚子不合时宜”（见宋费衮《梁溪漫志》），“一肚子不合时宜”岂不就是“占得人间一味愚”！再联想到其时作者坚持反对新法的背景，就更不难体味其中的蕴意了。五年后降临的乌台之狱，岂不就是他“一味愚”的必然结果？理解了这一点，就知道这不是一首纯粹“赋归欤”的归隐词了。

浣溪沙

自杭移密守[1]，席上别杨元素，时重阳前一日[2]。

缥缈危楼紫翠间[3]，良辰乐事古难全[4]。感时怀旧独凄然。　璧月琼枝空夜夜[5]，菊花人貌自年年[6]。不知来岁与谁看[7]？

【注释】

1　“自杭”句：从杭州通判改知密州（今山东诸城）。守，知州。

2　重阳：节名，农历九月九日。

3　“缥缈”句：指在山间楼中与杨元素话别。缥缈，隐约高远貌。危，高。紫翠，紫云翠峰。

4　良辰乐事：南朝宋谢灵运《拟魏太子邺中集诗序》：“天下良辰、美景、赏心、乐事，四者难并。”

5　璧月琼枝：《陈书·后妃传》载陈后主时曲词：“璧月夜夜满，琼树朝朝新。”琼，玉。

6　“菊花”句：唐戎昱诗：“菊花一岁岁相似，人貌一年年不同。”（傅干《注坡词》卷十引，今本无）古有重阳赏菊的传统。自，义亦同“空”。

7　看（kān 堪）：按律读平声。

【解读】

熙宁七年（1074）九月八日作于杭州。

作者将离杭州赴密州知州任，甫任杭州知州的杨元素也将他任，席上作此相别。读上片“良辰乐事古难全”，使人联想作者另一首名作“人有悲欢离合，月有阴晴圆缺，此事古难全”（《水调歌头》），一别兄弟，一别友朋，“古难全”两用之。下片想象既别之后好景如常，欣赏好景的人却南北各方。“空”之为义，一如“此去经年，应是良辰好景虚设”（柳永《雨霖铃》）之“虚”，景犹在而人已去，璧月琼枝、良辰乐事还有什么意义！又谓年年看似有菊，年年看似有赏菊的人，不知时光易逝，正所谓“年年岁岁花相似，岁岁年年人不同”（唐宋之问《有所思》，一作刘希夷诗，题云《代悲白头翁》）。至于末句，其伤感与深情不亚于同时所作的“不知重会是何年，茱萸仔细更重看”（《浣溪沙》），也与杜甫“明年此会知谁健，醉把茱萸仔细看”（《九日蓝田崔氏庄》）诗句相仿佛，意浅情深之句也。

有人说，苏东坡的词“短于情”（晁补之语，见宋胡仔《苕溪渔隐丛话》前集卷五一引《后山诗话》），那是因为将“情”理解得太狭隘的缘故。我们倒是同意清人陈廷焯的评论：“东坡之词，纯以情胜，情之至者词亦至。”（《白雨斋词话》卷一）此词即为其证。

减字木兰花

过吴兴[1]，李公择生子三日[2]，会客，作此词戏之。

维熊佳梦[3]，释氏老君亲抱送[4]。壮气横秋[5]，未满三朝已食牛[6]。　犀钱玉果[7]，利市平分沾四座[8]。“多谢无功！”“此事如何着得侬！”[9]

【注释】

1　吴兴：今浙江湖州。

2　李公择：名常，时任湖州知州。

3　“维熊”句：古时认为梦中见熊是男子的吉兆，后指生男孩。《诗经·小雅·斯干》：“大人占之，维熊维罴，男子之祥。”

4　“释氏”句：述梦中情景，喻初生儿之高贵。释氏，释迦牟尼，佛教始祖。老君，老子，道家创始人，被尊为道教之祖。

5　横秋：充塞秋空，喻气势之盛。南朝齐孔稚珪《北山移文》：“霜气横秋。”

6　“未满”句：形容婴儿食量大。《尸子》卷下：“虎豹之驹，未成文而有食牛之气。”以上数句用杜甫《徐卿二子歌》：“君不见徐卿二子生绝奇，感应吉梦相追随。

孔子释氏亲抱送，并是天上麒麟儿。大儿九龄色清彻，秋水为神玉为骨。小儿五岁气食牛，满堂宾客皆回头。”

7　犀钱：婴儿生后三日洗身，称洗儿。亲朋赠钱以贺，称洗儿钱。钱色与犀牛角之黄色相近，又称犀钱。玉果：光泽如玉的柑橘，亦为洗儿时赐赠之物。

8　“利市”句：谓公择将所得之物回赠在座各人。利市，吉日时的赏钱，此指犀钱玉果之类。

9　“多谢”二句：前句说自己无功受喜钱，后句设想对方的回答。用《世说新语·排调》典：“（晋）元帝皇子生，普赐群臣。殷洪乔谢曰：‘皇子诞育，普天同庆。臣无勋焉，而猥颁厚赉。’中宗笑曰：‘此事岂可使卿有勋邪?’”侬，你。

【解读】

熙宁七年（1074）九月作于湖州。

清人刘熙载评苏词：“东坡词颇似老杜诗，以其无意不可入，无事不可言也。”（《艺概·词曲概》）东坡词内容之丰富的确超过其前各家。即以此首论，祝寿贺生之类的作品在诗文中屡见不鲜，在后来词人中也属平常，但在东坡之前何曾有过！何况他还不是像杜甫《徐卿二子歌》那样一本正经地去写，而是援引《诗经》、杜诗以及《世说》中的典故，甚至将典故中的对话也移植词中，玩笑风趣，斐然成章。虽非大雅之篇，要亦能反映他与主人公李公择的熟稔，更体现他本人的天生诙谐和腹笥之富。

采桑子

润州多景楼与孙巨源相遇[1]

多情多感仍多病，多景楼中。尊酒相逢[2]，乐事回头一笑空。　停杯且听琵琶语[3]，细捻轻拢[4]。醉脸春融[5]，斜照江天一抹红[6]。

【注释】

1　“润州”句：孙巨源名洙，熙宁七年（1074）十月与离杭北赴密州的东坡相遇于润州。多景楼，在镇江北固山甘露寺内，宋人所筑，北临大江，有天下殊景之誉。

2　尊酒相逢：韩愈《赠郑兵曹》：“尊酒相逢十载前，君为丈夫我少年。尊酒相逢十载后，我为壮夫君白首。”

3　琵琶语：音乐能够表情达意，故称“语”。白居易《琵琶行》：“今夜闻君琵琶语。”

4　捻（niǎn 碾）、拢（lǒng 垄）：两种弹奏指法，捻为揉弦，拢为叩弦。白居易《琵琶行》：“轻拢慢捻抹复挑。”

5　“醉脸”句：指歌女酒后妩媚的神态。

6　“斜照”句：写傍晚之景。一抹红，唐罗虬《比红儿诗》之十七：“一抹浓红傍脸斜，妆成不语独攀花。”

【解读】

熙宁七年（1074）十月作于镇江。

作者自杭州调知密州，途经镇江时与孙巨源、王正仲聚会于多景楼，又有官妓胡琴在旁弹琵琶。三人皆一时英才，加以景之秀，妓之妙，真为难得之遇。孙巨源对东坡说，残霞晚照之景，非奇才不能尽道。东坡因作此词以记其盛（据傅干《注坡词》卷一二引《本事集》）。此次聚会给东坡留下深刻印象，他后来在给友人信中提及："途中与完夫、正仲、巨源相会，所至辄作数剧饮笑乐。人生如此有几，未知他日能复继此否?"（《与李公择》）

词虽不脱于应酬，亦是真情之作。古人云："结句须要放开。"又说："以景结情最好。"（宋沈义父《乐府指迷》）此词起以三"多"巧逗楼名，结以阔大瑰丽之景跳出，正符合这样的要求。而词意之主脑，尚在中间"乐事回头一笑空"一句。诚如钱锺书《论快乐》所说，"乐"总是让人感到"快"的，回头一笑，即成空无，极言快乐之短暂虚幻，语虽平易而意极沉痛。

醉落魄

席上呈杨元素[1]

分携如昨[2]，人生到处萍漂泊[3]。偶然相聚还离索[4]，多病多愁，须信从来错。　尊前一笑休辞却[5]，天涯同是伤沦落[6]。故山犹负平生约[7]。西望峨眉，长羡归飞鹤[8]。

【注释】

1　“席上”句：作者自杭州转知密州，杭守杨元素亦罢任回朝，二人同行至镇江，离席间作此词。

2　分携如昨：指熙宁四年（1071）夏秋间赴杭任通判，与杨元素在京城分别。分携，分别。

3　萍漂泊：浮萍无根，随波逐流，喻人生漂泊不定。

4　离索：离群索居。《礼记·檀弓上》：“吾离群而索居，亦已久矣。”索，孤独。杨元素熙宁七年（1074）七月至杭任知州，九、十月间二人均离杭他任，相聚不过二月，故有此句。

5　“尊前”句：意即不要推辞饮酒。

6　“天涯”句：杨元素亦因不满王安石新法外放各地，故有此语。白居易《琵琶行》：“同是天涯沦落人。”

7　“故山”句：违背了归乡的素愿。故山，指故乡。

平生约，早定下的归乡之愿。嘉祐五年（1060）未出仕时，东坡就与老弟苏辙“相约早退，为闲居之乐”（见苏辙《逍遥堂会宿二首引》），至此十数年犹未践约，故云。白居易《寄王质夫》：“因话出处心，心期老岩壑……去处虽不同，同负平生约。”

8　峨眉：四川名山，代指作者与杨绘的家乡（杨是四川绵竹人）。

【解读】

熙宁七年（1074）十月作于镇江。

同样的政治倾向、同样的漂泊流荡、同乡和同样的思乡，与老友短暂相聚后的旋即分离，油然促生出作者的天涯沦落之感和负约故山之愧。这种感愧如此强烈，以至将词作上景下情和情景相生的通常作法打破了，人生萍泊蓬飘、朋友聚短离多、归乡之志难酬的深沉喟叹在流利劲俊的直发议论、直抒胸臆中一泻而出。其中“多病多愁，须信从来错”之沉痛，“西望峨眉，长羡归飞鹤”之郁悒，感人至深。金元好问说：“唐歌词多宫体，又皆极力为之。自东坡一出，情性之外，不知有文字，真有一洗万古凡马空气象。”（《新轩乐府引》）此即“情性之外不知有文字”也；清况周颐说：“以吾言写吾心，即吾词也……由吾心酝酿而出，即吾词之真也。”（《蕙风词话》卷一）此即“以吾言写吾心”也。

永遇乐

孙巨源以八月十五日离海州[1]，坐别于景疏楼上[2]，既而与余会于润州，至楚州乃别[3]。余以十一月十五日至海州[4]，与太守会于景疏楼上[5]。作此词以寄巨源。

长忆别时，景疏楼上，明月如水。美酒清歌，留连不住，月随人千里。别来三度[6]，孤光又满[7]，冷落共谁同醉。卷珠帘，凄然顾影，共伊到明无寐[8]。　　今朝有客，来从濉上[9]，能道使君深意[10]。凭仗清淮[11]，分明到海，中有相思泪。而今何在，西垣清禁[12]，夜永露华侵被[13]。此时看、回廊晓月，也应暗记。

【注释】

1　“孙巨源”句：孙巨源于熙宁七年（1074）八月十五日罢海州（古属东海郡，今江苏连云港）知州任返朝。

2　景疏楼：在海州东北，北宋人叶祖洽因景仰汉代东海人疏广、疏受叔侄而建。

3　“既而”二句：巨源离海州后先南游江苏一带，于十月间与离杭北赴密州的东坡会于润州，东坡作《润州甘露寺弹筝》诗和《采桑子·润州多景楼与孙巨源相遇》词（前录）。二人同游扬州等地，至楚州（今江苏淮安）分手。既而，之后。

4　十一月十五日：当为十月十五日，“一”为后人误加，因为海州在密州南四百余里，而苏轼十一月三日已到密州任。参张志烈先生《苏轼由杭赴密词杂议》（载《东坡词论丛》）。

5　太守：汉时郡长名。宋时改郡为府、州，长官称知府、知州，但仍习称太守。此指继知海州的陈太守（名不传）。

6　三度：指三度月圆。巨源八月十五日离海州，至东坡十月十五日作此词，三见月圆。

7　孤光：日月之光，此指月光。唐贾岛《酬朱侍御望月见寄》：“相思唯有霜台月，望尽孤光见却生。”方干《君不来》：“夜月生愁望，孤光必照君。”东坡《西江月》：“中秋谁与共孤光。”

8　伊：第三人称代词。指月。

9　濉（suī 虽）：水名，源近汴京（今河南开封），故此处用指汴京。此句说（客）从汴京来海州。

10　使君：指孙巨源，甫卸知州任，故仍以旧职称之。以上三句谓客人带来巨源对自己的问候。

11　凭仗：凭借。元稹《苍溪县寄扬州兄弟》：“凭仗鲤鱼将远信。”

12　西垣：中书省的别称。清禁：皇宫的别称，因其警戒森严，幽深肃静。巨源返京后任修起居注、知制诰，属中书门下，在宫中办公，故有此句。

13　永：长。露华：露水。侵被：沾湿了被子。

【解读】

熙宁七年（1074）十月十五日作于海州。

东坡在孙巨源离海州三月后经行海州，登景疏楼，一抒怀念之情。“长忆”六句想象孙巨源别海州时的情景，“别来”六句想象孙巨源别海州后的心情，“而今”六句想象孙巨源在宫中月下思念自己，均从设想对方情境着笔。中间插入“今朝”六句，前三句点出作词之由，乃因有客自京中带来巨源的问候；后三句想象奇特精警，潍水经安徽入江苏流入泗水，再经淮河汇入大海。作者此时身居东海之侧，所以幻想孙巨源的相思之泪由潍水借淮水经大海流到自己身边。

此词作于月色正明的十五日，作者所怀念的对象离别于两月前的十五日，月亮与怀人在中国古典诗歌中又有分割不断的联系，所以词作自然以明月作为绾合全篇的主线。上片以月始，下片以月终。与友朋分别时有明月如水，人行千里时有明月相随，别后孤独无寐时有明月相共，在千里之外思念自己时有明月作证。句句不离明月，句句在写友情。无一语道及友情，无一句不能感觉友情。真可谓缠绵蕴藉，一意萦纡，不著粉泽，自有腴姿。

沁园春

赴密州[1]，早行，马上寄子由[2]。

孤馆灯青，野店鸡号[3]，旅枕梦残。渐月华收练[4]，晨霜耿耿[5]，云山摛锦[6]，朝露漙漙[7]。世路无穷，劳生有限[8]，似此区区长鲜欢[9]。微吟罢[10]，凭征鞍无语，往事千端。　当时共客长安，似二陆初来俱少年[11]。有笔头千字，胸中万卷[12]，致君尧舜[13]，此事何难？用舍由时，行藏在我[14]，袖手何妨闲处看[15]。身长健，但优游卒岁，且斗樽前[16]。

【注释】

1　密州：今山东诸城，作者于熙宁七年（1074）底至九年底在此任知州。

2　子由：作者弟苏辙，其时人在济南。

3　号（háo 豪）：鸣叫，读阳平。温庭筠《商山早行》："鸡声茅店月，人迹板桥霜。"

4　练：白绢，喻月光。此句写天渐明。

5　耿耿：明亮貌。唐顾况《游子吟》："夜晴星河出，耿耿辰与参。"

6　摛（chī 吃）：铺展。

7　漙（tuán 团）漙：露水盛多貌。《诗经·郑风·野有蔓草》："野有蔓草，零露漙兮。"以上四句为扇面对（一三句、二四句对仗）。

8　"世路"二句：汉王粲《赠蔡子笃诗》："悠悠世路，乱离多阻。"唐骆宾王《海曲书情》："薄游倦千里，劳生负百年。"

9　区区：奔波劳碌貌。南唐伍乔《林居喜崔三博远至》："几日区区在远程。"

10　微吟：指作此词。

11　"当时"二句：嘉祐元年（1056），东坡与苏辙分别以21岁和18岁的少年同去汴京参加考试，次年双双进士及第，并为欧阳修所激赏。这与西晋时人称"二陆"的陆机、陆云兄弟二十多岁被征入京、名动京城正相类似，所以以之相比。长安，本为唐都，此指汴京。

12　胸中万卷：唐李颀《送陈章甫》："腹中贮书一万卷。"

13　致君尧舜：襄助君王成为圣明的君主。尧舜，远古部落的两位圣明之君。语出杜甫《奉赠韦左丞丈二十二韵》："致君尧舜上，再使风俗淳。"

14　"用舍"二句：用《论语·述而》句："用之则行，舍之则藏。"

15　袖手：将手插在袖中，表示无所作为或不参与其事。

16　"但优"二句：分别出《左传·襄公二十一年》

引逸《诗》：“优哉游哉，聊以卒岁。”和唐牛僧孺《席上赠刘梦得》：“休论世上升沉事，且斗樽前见在身。”优游，悠闲貌。卒岁，终岁。斗樽前，指饮酒。

【解读】

熙宁七年（1074）初冬作于由海州赴密州途中。

作者原拟转道济南去看数年不见的老弟苏辙，因故未果而作此词，所以上片写景言情，语多感伤；下片叙事抒慨，辞多愤懑。写旅途晨景、叙少年往事、发慷慨议论、抒郁闷心情，数者妥帖浑然。抱负难以实现，故不平之气充塞；胸襟不得开展，而凛然之志不减。以理入词，但以情统理。内容上完全突破了应歌的藩篱，在当时堪称黄钟大羽之响。艺术上受柳永羁旅行役词的影响，以铺叙的方式表而出之，滔滔汩汩、气势完足。又多使用经史、诗文中的故实，甚至直用其语，而又善加熔冶，同样独标新帜，体现了“以诗为词”乃至“以文为词”的优长之处。

南乡子

梅花词，和杨元素。

寒雀满疏篱，争抱寒柯看玉蕤[1]。忽见客来花下坐，惊飞，踏散芳英落酒卮[2]。　痛饮又能诗[3]，坐客无毡醉不知[4]。花谢酒阑春到也[5]，离离[6]，一点微酸已著枝[7]。

【注释】

1　柯：草木枝茎。此指梅树。玉蕤（ruí 瑞，读阳平）：指白梅花。蕤，花下垂貌。

2　英：花。卮（zhī 支）：酒杯。

3　“痛饮”句：当指杨元素，稍前所作《诉衷情·送述古迓元素》亦谓其“能诗”。

4　无毡：古人席地而坐，冬日铺以毛毡，无毡说明贫穷。《晋书》本传载吴隐之菲己洁素，“以竹篷为屏风，坐无毡席”。又杜甫《戏简郑广文虔兼呈苏司业》：“才名四十年，坐客寒无毡。”此句为作者自指。

5　阑：残尽。以下是拟设之辞。

6　离离：飘动貌。张衡《思玄赋》：“拽云旗之离离兮。”

7　著（zhuó 浊）：附着。句谓梅花谢后梅子将结。

【解读】

约熙宁七年（1074）冬作于密州。

与朋友冬日共饮，大半实写，末三句转为想象，虚实结合，别具趣味。顾随特别欣赏发端二句，曾举南宋杨万里小诗《寒雀》："百千寒雀下空庭，小集梅梢话晚晴。特地作团喧杀我，忽然惊散寂无声。"说传神至此，可算对得起寒雀了，但如果与东坡首二句相比，杨诗只能是有神无品。词中"满"字、"看"字，如同颊上添毫，清幽高寒，湛妙圆寂。转而再看杨诗，固然逼真生动，却不免有雅俗之分。顾随还说，有人欣赏"一点微酸已著枝"一句，不知此句却有刻意为文之态（见《东坡词说》）。诗无达诂，不知读者诸君以为然否？

蝶恋花

密州上元[1]

灯火钱塘三五夜[2]，明月如霜[3]，照见人如画[4]。帐底吹笙香吐麝[5]，更无一点尘随马[6]。

寂寞山城人老也[7]，击鼓吹箫，却入农桑社[8]。火冷灯稀霜露下，昏昏雪意云垂野[9]。

【注释】

1　上元：农历正月十五日，唐宋时于此夜张灯结彩以供观赏，称元夜、元夕、元宵。唐崔液《上元夜》六首之一：“谁家见月能闲坐，何处闻灯不看来?”宋欧阳修《生查子》：“去年元夜时，花市灯如昼。”

2　钱塘：今浙江杭州。三五：三五相乘得十五，这里指十五日。东汉《古诗十九首》之十八：“三五明月满，四五蟾兔缺。”

3　明月如霜：李白《静夜思》：“床前明月光，疑是地上霜。”

4　人如画：上元夜观灯会的游人尤其妇女刻意打扮。宋周密《武林旧事》卷二：“元夕节物，妇人皆戴珠翠、闹蛾、玉梅、雪柳、菩提叶、灯球……而衣多尚白，盖月下所宜也。”宋辛弃疾《青玉案·元夕》中也有“蛾儿雪柳黄金缕，笑语盈盈暗香去”的句子。

5 “帐底”句：写官宦人家的庆赏活动。帐底，帷帐内，指室内。笙，管乐。香吐麝，麝香散放香味。宋吴自牧《梦粱录》卷一“元宵”：“有内侍蒋苑使家，虽曰小小宅院，然装点亭台，悬挂玉栅，异巧华灯，珠帘底下，笙歌并作，游人玩赏，不忍舍去。”可见其盛。

6 “更无”句：唐苏味道《正月十五日夜》：“暗随尘马去，明月逐人来。”宋刘昌诗《上元词》：“乐声都在人声里，五夜车尘马足香。”形容上元夜热闹非凡。这里反用其意，说杭州街道清洁无尘。吴世昌说：“宋时杭州街坊皆以大石板铺路，光洁无尘，余幼在杭时曾见之。”（《词林新话》）

7 山城：指密州。

8 “击鼓”二句：写农家社祭时击鼓吹箫。社，土地神，也指祭神场所，即土地庙。此处为后义。

9 昏昏雪意：天阴欲雪。

【解读】

熙宁八年（1075）正月十五日作于密州。

东坡居杭三年而转官密州，杭州自然成为密州的参照。上片回忆杭州元宵节的盛况，五句之中五换角度。上元节以赏灯著称，入夜万灯齐放，明如白昼，所谓“华灯偏共月争光”（宋刘昌诗《上元词》）也。故首句即写明灯照地，次句皎月当空，三句衣着打扮之美，四句音声色香之富贵，五句环境的整洁干净。下片陡转，写密州上元的冷落萧瑟。“灯火钱塘”与“寂寞山城”，“明月如霜”与“昏昏雪意”，“人如画”与“人老也”，“帐底”的“吹笙吐麝”与“农桑社”的“击鼓吹箫”，在一组组鲜明的对比中，两幅迥不相同的上元景致凸显出来，作者初到密州时“岁比不登（庄稼连年歉收）、盗贼满野、狱讼充斥，而斋厨索然，日食杞菊”（《超然台赋》）的寥落心境也得到了鲜明的体现。

整整二十年后的绍圣二年（1095），东坡在贬所广东惠州又作《上元夜》诗，再次采用了这种反衬映照的手法：“前年侍玉辇，端门万枝灯。璧月挂罘罳，珠星缀觚稜。去年中山府，老病亦宵兴。牙旗穿夜市，铁马响春冰。今年江海上，云房寄山僧。亦复举膏火，松间见层层……”清人纪昀评道：“两两相形，不着一字，寄慨良深。”纪评也完全可以移用于此词。

江城子

乙卯正月二十日夜记梦[1]

十年生死两茫茫[2]，不思量，自难忘[3]。千里孤坟，无处话凄凉[4]。纵使相逢应不识，尘满面，鬓如霜[5]。　　夜来幽梦忽还乡。小轩窗[6]，正梳妆。相顾无言，唯有泪千行。料得年年肠断处，明月夜，短松冈[7]。

【注释】

1　乙卯：熙宁八年（1075）。

2　“十年”句：东坡妻王弗治平二年（1065）病逝于汴京，距作此词整十年。

3　“不思”二句：量（liáng 良）、忘（wáng 王），按律均读阳平。

4　“千里”二句：王弗治平三年迁葬故乡四川彭山父母墓旁。作者此时在密州任知州，故有此句。

5　“纵使”三句：用白居易《东南行一百韵寄通州元九侍御、澧州李十一舍人、果州崔二十二使君、开州韦大员外、庾三十二补阙、杜十四拾遗、李二十助教员外、窦七校书》：“相逢应不识，满颔白髭须。”

6　轩窗：堂前的窗户。

7 “料得”三句：唐孟棨《本事诗·征异》载：唐开元中有五兄弟遭继母虐待，哭诉于母亲坟前，母亲自坟中出，题诗于白布巾以赠丈夫，末二句是“欲知肠断处，明月照孤坟”。坡词似从此化出。短松冈，指墓地。因墓地往往有松树。料得，料想得。

【解读】

熙宁八年（1075）正月二十日作于密州。

王弗至和元年（1054）与东坡结为夫妻，共同生活十一年，育有一子苏迈。她敏而静，明事理而识大体，每当丈夫与客人交谈，就在屏风后面观察，判断此人可否交往，东坡终生敬重之。王弗迁葬彭山时，东坡曾作《亡妻王氏墓志铭》。亡后十年，又在梦中与其相见。梦不真实，却常是做梦者内心活动的真实反映；就这首记梦之作而言，更是作者郁塞沉积的思想感情的勃然兴发。

词作表达自己对亡妻的怀念，却反说妻子年年在明月夜短松冈思念自己，又设想妻子见自己后如何惊叹自己的苍老和颓唐，这就淋漓深刻地表现出夫妻间的心灵相通和情同彼此，也表现出自己因亡妻而承受的悲伤摧割。杜甫《月夜》首二句：“今夜鄜州月，闺中只独看。”反写对方的手法相似，但一写生离，一写死别，心情显然各异；白居易《东南行一百韵》末二句：“相逢应不识，满颔白髭须。”悬拟的方式相似，但也是一用于朋友，一用于亡妻，气氛亦自不同。

词作采用倒叙，上片写梦醒，下片方写入梦，作者的情绪开篇即处于巅峰，加深了全篇浓重的伤感基调。词作“真情郁勃，句句沉痛，而音响凄厉”（唐圭璋《唐宋词简释》），同时其上下片中“十年生死”与“年年肠断”，“不思量，自难忘”与“夜来幽梦”，“千里孤坟”与“短松冈”，“相逢不识”与“相顾无言”之间相互关联呼应，形成了词作不期然而然的严谨结构。

自西晋潘岳作《悼亡诗》三首悼念亡妻，悼亡便成为诗史上一类特殊的题材，继潘岳之后善写悼亡诗的还有元稹、梅尧臣等。元稹“唯将终夜长开眼，报答平生未展眉”（《遣悲怀三首》其三）、“曾经沧海难为水，除却巫山不是云”（《离思五首》其四）是这类诗中最负盛名的句子。而以词悼亡，东坡这首著名的《江城子》既是开端，也是顶峰。继之者中有名的有清人纳兰性德等人。这也是东坡对词史发展的一个贡献吧。

江城子

密州出猎

老夫聊发少年狂[1]，左牵黄，右擎苍[2]，锦帽貂裘[3]，千骑卷平冈[4]。为报倾城随太守[5]，亲射虎，看孙郎[6]。　　酒酣胸胆尚开张[7]，鬓微霜，又何妨。持节云中、何日遣冯唐[8]。会挽雕弓如满月[9]，西北望，射天狼[10]。

【注释】

1　老夫：古人有叹老嗟卑的习惯。作者其时不过四十岁。

2　“左牵”二句：写打猎的行头。语出《太平御览》卷九二六引《史记》：“李斯临刑，思牵黄犬，臂苍鹰，出上蔡东门，不可得矣。”（今本《史记》本传但载斯言其子曰：“吾欲与若复牵黄犬俱出上蔡东门逐狡兔，岂可得乎！”）及《梁书·张充传》：“值充出猎，左手臂鹰，右手牵狗。”黄，谓黄犬。苍，谓黑鹰。

3　锦帽貂裘：作者的猎装。一说为随从的穿戴。

4　“千骑”句：谓随从者之众。骑（jì 记），一人乘一马为一骑。

5　“为报”句：为酬谢全城的人都出来看我围猎。

太守，作者自指。晋孙楚《征西官属送于陟阳侯作》：“倾城远追送，饯我千里道。”

6　孙郎：三国吴帝孙权。《三国志·孙权传》记其“亲乘马射虎于庱亭。马为虎所伤，权投以双戟，虎却废，常从张世击以戈，获之”。以上二句用此典。孙权当时是诸侯，此处也有自喻知州身份的含义。

7　尚：有“更加”义。晋左思《咏史》八首之六：“荆轲饮燕市，酒酣气益震。”唐元稹《说剑》：“酒酣肝胆露。”

8　“持节”二句：义即“何日遣冯唐持节云中”。《史记·冯唐传》载，汉云中守魏尚抵御匈奴有功，却因多报六颗首级获罪削爵。年迈位卑的冯唐认为不当轻罪重罚，文帝遂“令冯唐持节赦魏尚，复以为云中守，而拜唐为车骑都尉，主中尉及郡国车士”。作者这里以谁自比，注家说多不同。若是自比魏尚，则是希望得朝廷信用，为国立功。若是自比冯唐，就是以终有机会发挥作用自期。恨不能起东坡于地下以询之。节，使臣随身携带以传朝命的符节。云中，汉时郡名，今内蒙古自治区托克托县东北一带。

9　“会挽”句：将弓拉得似圆月。李白《赠宣城宇文太守兼呈崔侍御》：“弯弓绿弦开，满月不惮坚。”会，当。挽，拉。雕弓，刻饰有图案的弓，形容其华贵。

10　“西北”二句：化用《楚辞·九歌·东君》：“举长矢兮射天狼。”谓抗击敌国。西北，指位于西北的西夏国。天狼，星名，星象家视其贪残主侵掠。

【解读】

熙宁八年（1075）十月作于密州。

东坡虽人称豪放派，词中堪称豪放的却为数不多，此词可算其中典型的一首。表现愿为国家效力边陲的迫切愿望和激切心情，是这首词所以豪放的思想基础。词作于外出求雨归途中野外会猎时，上片描写率众出猎、倾城围观的场景和声势，下片抒发保卫边疆、效命立功的壮志与豪情。事激荡人心，景阔大壮观，情慷慨昂扬，志勇武刚强，四者构成了英武豪迈、气概凌云的自我形象的塑造。

自我形象的塑造在诗中司空见惯，在词中却不多见，像这种为国靖边的自我形象更是前未曾有。范仲淹《渔家傲》中出现过白发将军的形象，但全词的重点在边塞气象的刻画，不在人物形象的塑造，尚不能与东坡着意塑造自我形象相比。这是苏轼扩大歌词表现领域的重要表现，也是他有意开创不同于传统词风的积极尝试。他自己对这首充塞阳刚之气的词作颇为得意，在与友人信中提及："近却颇作小词，虽无柳七郎（永）风味，亦自是一家。呵呵。数日前猎于郊外，所获颇多，作得一阕，令东州壮士抵掌顿足而歌之，吹笛击鼓以为节，颇壮观也。"（《与鲜于子骏》）这类词数量虽不多，却正是它们摆脱了"词为艳科"的束缚，在后代词坛激起了长久不息的波澜。

一丛花

初春病起

今年春浅腊侵年[1]，冰雪破春妍[2]。东风有信无人见[3]，露微意、柳际花边。寒夜纵长，孤衾易暖[4]，钟鼓渐清圆[5]。　　朝来初日半衔山[6]，楼阁淡疏烟。游人便作寻芳计[7]，小桃杏、应已争先。衰病少悰[8]，疏慵自放[9]，唯爱日高眠。

【注释】

1　春浅：春天来得早。腊侵年：谓因上年有闰月，下年的立春日出现在上年的腊月中。按此词作于熙宁九年，熙宁八年（1076）闰四月，熙宁九年立春日为熙宁八年十二月二十八日，故云。腊，祭祖活动，汉腊在农历十二月举行，故以十二月为腊月。

2　妍：美。此句承上句，谓春意在冰雪中呈现。

3　信：消息。

4　衾（qīn 亲）：厚被。

5　清圆：指钟鼓声清脆圆润。天气渐晴暖，故有此感觉。

6　半衔山：谓太阳被山遮着一半。

7　寻芳计：春游的打算。

8　悰（cóng 从）：心情，情绪。这里指欢乐。

9　疏慵（yōng 拥）：懒散。

【解读】

熙宁九年（1076）早春作于密州。

内容紧扣题目，上片写“初春”，下片转写“病起”。起首二句交待季候，用“侵”、“破”二字突出因立春日早，春意已显而冰雪未化的特点，写物候变化，动感十足。接下六句，三句成组，分两面落笔，写初春特有的情景和人在初春时的特殊感受。“东风”三句写春意渐萌，其体物之细微与拟物之巧妙，惟有作者另两句诗“春风如系马，未动意先骋”（《次韵赵景贶春思且怀吴越山水》）可相媲美。“寒夜”三句写内心感觉，“其实并不必真暖和，却仿佛暖和了，暮鼓晨钟其实也还是平常的声音，却仿佛格外清圆了”（俞平伯《唐宋词选释》）。过片二句从写初春过渡到写自己，接以“游人”三句的想象之辞，设想当春意乍露，性急的游人已有寻芳之想，桃花杏花更与游人的脚步竞赛，争相开放出它们的花朵！煞尾三句自游人归束到“病起”的自己。当此游人出行、桃杏争开之时，自己却病后初愈，少有欢趣，只愿懒散自放，日高而卧，而不能参与其中去寻芳逐春了。

词作透露出一种老病衰飒、病后逢春的情状。描写类似情状的出色词句，作者之后还有辛弃疾的“不知筋力衰多少，但觉新来懒上楼”（《鹧鸪天·鹅湖归，病起作》）。

但辛词写秋景，更多萧瑟之气，与本词病起逢春既慵散又欣慰的感觉并不一样。

满江红

正月十三日，雪中送文安国还朝[1]。

天岂无情，天也解、多情留客[2]。春向暖[3]，朝来底事[4]，尚飘轻雪？君遇时来纡组绶[5]，我应老去寻泉石[6]。恐异时、杯酒复相思，云山隔。　浮世事，俱难必[7]。人纵健，头应白。何辞更一醉，此欢难觅。不用向佳人诉离恨[8]，泪珠先已凝双睫。但莫遣新燕却来时，音书绝[9]。

【注释】

1　文安国：名勋，时新任朝官。

2　“天岂”三句：指雪天客行受阻，俗语所谓“人不留客天留客”。

3　向：接近。

4　底事：为什么。

5　“君遇”句：指安国将赴朝为官。时来，意为时来运转。纡（yū 迂），系，结。组绶，玉饰的丝带，贵要所佩。此指做官。

6　寻泉石：寻访山水，喻退隐。

7　必：肯定。

8　佳人：别宴上的歌女。

9　“但莫”二句：燕子可捎音信，故云。南朝梁江淹《拟李陵》：“袖中有短书，愿寄双飞燕。”

【解读】

熙宁九年（1076）正月十三日作于密州。

词为惜别朋友所作，故发端五句写送客时的天气。但不同于一般的以景起兴，而是说天也多情，懂得下雪留客。不说人留客而说天留客，联想巧妙而表达委婉。下接“君遇”二句，点出对方还朝任职之事，祝颂对方，谦抑自己，同时暗含与对方将别之意，顺势带出“恐异”二句，设想别后相思而云山阻隔，落到惜别本题。换头以下直抒感慨，“浮世”四句写世事难料，人生短暂，所以告诫彼此尽兴一醉。但随即又以“不用”二句转折，说明离恨笼罩，泪珠欲零，即使尽兴一醉，亦不过强作欢颜而已。煞尾“但莫遣”二句又以别后来信殷殷相嘱，语多曲折。全词起于天的多情留客，结于人的依依不舍，中间扣紧客我双方，脉络潜伏，首尾一贯。

满江红

东武会流杯亭，上巳日作[1]。城南有坡，土色如丹，其下有堤，壅郏淇水入城[2]。

东武南城，新堤就、郏淇初溢[3]。微雨过、长林翠阜[4]，卧红堆碧[5]。枝上残花吹尽也，与君试向江头觅。问向前、犹有几多春[6]，三之一。　官里事，何时毕[7]。风雨外，无多日[8]。相将泛曲水[9]，满城争出。君不见兰亭修禊事[10]，当时座上皆豪逸。到如今修竹满山阴，空陈迹[11]！

【注释】

1　“东武”二句：古以农历三月上旬巳日饮濯于水滨，除却不祥，称祓禊（fú xì 扶细）或修禊。魏晋以后定为三月初三，置酒杯于弯曲的水道，酒杯流至某人面前则饮酒，称“流杯曲水”或“流觞曲水”。晋王羲之《兰亭集序》：“引以为流觞曲水，列坐其次。”南朝梁宗懔《荆楚岁时记》：“三月三日，士子并出江渚池沼间，为流杯曲水之饮。”东武，即密州。会，聚会。

2　壅（yōng 拥）：堵塞。郏（fū 夫）淇：水名，流经东武城南。

3　“新堤”二句：谓郑淇因堤成涨水。就，筑成。

4　皁：丘陵。

5　红：花。碧：叶。

6　向前：今后。

7　“官里”二句：谓抽身官场不易。用《晋书·傅咸传》载杨济与傅咸书意：“生子痴，了官事，官事未易了也。”

8　“风雨”二句：谓好日子不多。作者《满庭芳》（蜗角虚名）：“忧愁风雨，一半相妨。”意思相近。

9　相将：相互，相共。

10　兰亭修禊：东晋穆帝永和九年（353）暮春，当时名流四十余人在绍兴（今属浙江）兰亭聚会，王羲之《兰亭集序》：“会于会稽山阴之兰亭，修禊事也。”

11　“到如”二句：用《兰亭集序》句：“此地有崇山峻岭，茂林修竹……向之所欣，俯仰之间，以为陈迹。”山阴，即绍兴。空，只，徒。

【解读】

熙宁九年（1076）三月三日作于密州。

永和九年（353）三月三日，参与“群贤毕至，少长咸集”盛会的王羲之，临盛宴而伤时叹逝，想到“修短随化，终期于尽”，“向之所欣，俯仰之间，以为陈迹”，乐尚未往而哀从中来，发出“后之视今，亦犹今之视昔”的醒世恒言，以一篇《兰亭集序》尽情抒发聚散无常、世事流转的怆然情怀。三百多年后的上元二年（675），初唐人王勃在《滕王阁序》中写道：“呜呼！胜地不常，盛筵难再。兰亭已矣，梓泽丘虚。”再往后四百多年，就听到了苏东坡的吟哦：“君不见兰亭修禊事，当时座上皆豪逸。到如今修竹满山阴，空陈迹！”这真正应验了《兰亭集序》末句：“后之揽者，亦将有感于斯文。”

词作由当日上巳的修禊活动，忆及古代最有名的兰亭盛会，以此为主线，从上片的暮春之景写到下片的古今之慨，表现出对官事的厌倦和对时节如流、人生虚幻的感慨。“这里有一条回忆的链索，把此时的过去同彼时的、更遥远的过去连接在一起，有时链条也向臆想的将来伸展，那时将有回忆者记起我们此时正在回忆过去。当我们发现和纪念生活在过去的回忆者时，不难得出这样的结论：通过回忆我们自己也成了回忆的对象，成了值得后人记起的对象。回忆的这种衔接构成了一部贯穿古今的文明史。”苏东坡的这首词、王勃的那篇骈文、王羲之的那篇散文以及我这篇不免浅陋的赏评，证明了宇文所安《追忆》一书的这段论述。

望江南

超然台作[1]

春未老[2]，风细柳斜斜。试上超然台上看，半壕春水一城花[3]。烟雨暗千家。　　寒食后[4]，酒醒却咨嗟[5]。休对故人思故国[6]，且将新火试新茶[7]。诗酒趁年华。

【注释】

1　超然台：在密州北城，本为前人所筑旧台，其时已废，作者于熙宁八年（1075）底重加修葺，其弟苏辙为取此名，寓“超然不累于物”则“无所往而不乐”之意。参苏辙《超然台赋序》和东坡《超然台记》。

2　老：此为“尽”义。

3　壕：护城河。

4　寒食：春秋晋介之推辅佐晋文公重耳归国后，不愿出仕，隐居山中，重耳放火逼其出山，遂抱树而死。为表悼念，重耳禁止在其死日生火。后相沿成俗，禁火三日，只吃冷食，遂成节日，时在清明（阳历四月五日或六日）前一日或二日。梁宗懔《荆楚岁时记》：“去冬节一百五日，即有疾风甚雨，谓之寒食。禁火三日，造饧大麦粥。”

5　咨嗟：叹息。

6　故国：此指故乡。

7　新火：寒食禁火后重生之火。杜甫《清明二首》之一："朝来新火起新烟。"贾岛《清明日园林寄友人》："晴风吹柳絮，新火起厨烟。"新茶：寒食节禁火前采摘焙制的茶，又叫火前茶。胡仔《苕溪渔隐丛话》前集卷四六引《学林新编》："茶之佳品，造在社前；其次则火前，谓寒食前也；其下则雨前，谓谷雨前也。"白居易《清明日送韦侍御贬虔州》："留饧和冷粥，出火煮新茶。"

【解读】

熙宁九年（1076）寒食后作于密州。

此时的密州比年歉收，盗贼遍野，四方宾客不至，作为州长的作者也只能靠采枸杞和野菊充饥。但他不以为苦，反而貌加丰，发变黑，重修旧台，日日登临，所谓"台高而安，深而明，夏凉而冬温。雨雪之朝，风月之夕，余未尝不在，客未尝不从"（《超然台记》）也。

上片以白描手法写登台所见四周春景。"半壕"七字，句中自成对仗，笔触简练，景色宛然。下片继写景之后感怀。寒食甫毕，即为清明，踏青扫墓，惹人乡情。酒醒之后，不禁"咨嗟"，为何"咨嗟"？"对故人思故国"之故也。然而句前分明冠以"休对"二字，表明作者于"咨嗟"之后，又否定了自己的"咨嗟"，应该如何去做呢？煞尾二句便是回答：趁年华尚及，新火新茶，樽酒吟诗，以驱遣怀乡的愁思吧。词作末三字“趁年华”与首三字“春未老”呼应，看似平易，实颇巧妙。“趁年华”者，趁人的年华，也趁“春未老”的年华；写人，也是写自然。“春未老”者，春光尚存，人的年华也尚存；写自然，也是写人。寂寥的心境中始终存有温暖的希望之火，这与《超然台记》中的乐天与旷达又形成了另一种呼应。

水调歌头

丙辰中秋[1]，欢饮达旦[2]，大醉，作此篇兼怀子由[3]。

明月几时有？把酒问青天[4]。不知天上宫阙，今夕是何年[5]？我欲乘风归去[6]，又恐琼楼玉宇[7]，高处不胜寒[8]。起舞弄清影[9]，何似在人间[10]？　转朱阁，低绮户，照无眠[11]。不应有恨，何事长向别时圆[12]？人有悲欢离合，月有阴晴圆缺，此事古难全。但愿人长久，千里共婵娟[13]！

【注释】

1　丙辰：熙宁九年（1076）。

2　旦：天亮。

3　“作此”句：此时苏辙在济南，兄弟不见已经六年。

4　“明月”二句：化用李白《把酒问月》：“青天有月来几时，我今停杯一问之。”

5　“今夕”句：《诗经·唐风·绸缪》：“今夕何夕，见此良人。”唐戴叔伦《二灵寺守岁》：“已悟化城非乐界，不知今夕是何年。”唐韦瓘托名牛僧孺《周秦行纪》载牛所作诗："香风引到大罗天，月地云阶拜洞仙。共道人间惆怅事，不知今夕是何年。"

6　乘风：《庄子·逍遥游》："夫列子御风而行，泠然善也，旬有五日而后返。"《列子·黄帝》："列子师老商氏，友伯高子，进二子之道，乘风而归。"

7　琼楼玉宇：谓月宫。唐段成式《酉阳杂俎》前集卷二："翟天师名乾祐……曾于江岸与弟子数十玩月，或曰'此中竟何有'，翟笑曰：'可随吾指观。'弟子中两人见月规半天，琼楼金阙满焉。数息间不复见。"

8　"高处"句：唐郑处诲《明皇杂录》："八月十五日夜，叶静能邀上游月宫，将行，请上衣裘而往。及至月宫，寒凛特异，上不能禁。"（傅干《注坡词》卷一引，今本无）

9　起舞：指月中仙女起舞。李白《月下独酌》："我歌月徘徊，我舞影零乱。"

10　何似：何如，意思是不如。

11　"转朱"三句：月光转过红色楼阁，低映雕花门窗，照得人睡意全无。

12　"不应"二句：谓月与人不应有仇，为何常在人分别的时候圆？司马光《温公续诗话》："李长吉（唐代诗人李贺）'天若有情天亦老'，人以为奇绝无对。曼卿（宋石延年）对'月如无恨月长圆'，人以为勍敌。"何事，为何。

13　"但愿"二句：此意古人常用。南朝宋谢庄《月赋》："美人迈兮音尘阙，隔千里兮共明月。"唐孟郊《古怨别》："别后唯所思，天涯共明月。"唐许浑《怀江淮同志》："唯应洞庭月，万里共婵娟。"作者《中秋月寄子由》三首之三："悠哉四子心，共此千里明……尝闻此宵月，万里同阴晴。"婵娟，美好貌，此指月亮。

【解读】

熙宁九年（1076）八月十五日作于密州。

古代有很多吉语，比如汉砖上的"长相思，勿相忘"、瓦当上的"长乐未央"等等，已经显得太过古雅，恰像吉语所寄寓的残缺斑驳的汉砖瓦当自身，贵重而不为人亲近了。可"但愿人长久，千里共婵娟"这平淡如常却美轮美奂的两句吉语，却永远那样鲜亮地活跃在我们的语言中、生活中。每当说出它、听到它，我们的身心便会变得温润透明、熠熠生辉。

这是一篇家喻户晓的作品，但且莫说这是一篇容易理解的作品。就说"起舞弄清影，何似在人间"两句，通常认为是作者自己在月宫中起舞，清影移动，仿佛不像在人间。不曾想如此理解岂不成了作者以离开人间为乐事，与"我欲"、"又恐"句表现的思想如何合拍？又有人解释成作者自己在月光下起舞，清影随人，天上怎么比得上人间生活的幸福。这又将作者说成了"快乐的单身汉"，与词中郁塞的意绪也不相吻合。"起舞"的主语应是嫦娥之类的月中仙女，二句是说她们在月宫中翩翩起舞，哪里比得上生活在人间，表达的是不愿离开人间的思想，这就与“我欲乘风归去”等三句语意贯通了。再看“照无眠”一句，无眠的人是作者自指还是他指？如果是他指，上文说自己的思想活动，下文抒自己的思想感情，中间插入另一个无眠之人，全词的意脉就中断了。

这是一篇情绪复杂而艺术高超的作品。出世与入世、理想与现实的矛盾，自然与人生、短暂与永恒的思考，悒郁怆怏的情感，善自排遣的胸怀，高远浩荡的格调，清泠澄明的意境，奇逸瑰丽的兴象，云鹏天马般的笔触，裁云缝雾般的想象：所有这些构成了这篇作品的不朽。南宋人胡仔说:“中秋词，自东坡《水调歌头》一出，余词尽废。”(《苕溪渔隐丛话》后集卷三九)“今人曾见古时月，今月曾经照古人。”如水的时光将一切变成过去，却无奈于真正艺术的永恒。

江城子

前瞻马耳九仙山[1]，碧连天，晚云闲。城上高台，真个是超然[2]。莫使匆匆云雨散，今夜里，月婵娟[3]。　　小溪鸥鹭静联拳[4]，去翩翩，点轻烟[5]。人事凄凉，回首便他年[6]。莫忘使君歌笑处，垂柳下，矮槐前[7]。

【注释】

1　马耳九仙：均为山名，分别位于密州西南六十里、九十里。作者《超然台记》：“南望马耳、常山，出没隐见，若近若远。”《雪后书北台壁》二首之一：“试扫北台看马耳，未随埋没有双尖。”《次韵周邠寄雁荡山图》二首之一自注又称九仙山“奇秀不减雁荡”。

2　超然：语义双关，一谓台名，一谓心境。

3　月婵娟：月色美好。孟郊《婵娟篇》：“月婵娟，真可怜。”

4　联拳：团缩貌。杜甫《漫成一绝》：“沙头宿鹭联拳静。”

5　点：一触即离。

6　他年：意谓成为过去。

7　使君：作者自指。

【解读】

熙宁九年（1076）十一月作于密州。

本年十月，作者改知河中府（今山西永济）。密州两年，生活甫定，又将举家他迁。萍飘蓬转，岂能无慨，于是再次登临超然台，一抒其慨。词中景与情、虚与实交替着笔。上片开头“前瞻”三句是实有之景；中间“城上”二句是由景所生之情，亦起点题作用；最后“莫使”三句是虚拟之景，借写超然台昼夜美景和登临之际的超然之感表达对密州的留恋。下片为词作主体。换头“小溪”三句同样是实有之景，惟鸥鹭翩然而去又暗喻自己之离去；末尾“莫忘”三句同样是虚拟之景，惟虚拟之景中添入嘱托之语，希望故友不忘旧人；中间“人事”二句则是作者感慨的直接表白。寓居密州的时光，以至于既往半生的时光，尽于二句中囊括之，尽于吟诵二句时浮现之。同时又自然寓有今日登台，追忆追往昔，今日亦将转瞬成为往昔之意，所谓：“后之视今，亦犹今之视昔，岂不痛哉！”（《兰亭集序》）

清黄子云《野鸿诗的》说：“诗不外乎情事景物，情事景物要不离乎真实无伪。一日有一日之情，有一日之景，作诗者若能随境兴怀，因题著句，则固景无不真，情无不诚矣。”“景无不真，情无不诚”八字，似为此词而发。

江城子

东武雪中送客[1]

相从不觉又初寒[2]，对尊前，惜流年。风紧离亭，冰结泪珠圆。雪意留君君不住，从此去，少清欢[3]。　　转头山上转头看[4]，路漫漫，玉花翻[5]。云海光宽[6]，何处是超然？知道故人相念否[7]，携翠袖[8]，倚朱栏。

【注释】

1　客：名章传，字传道。

2　又初寒：指历时两年。

3　清欢：高雅的乐趣。

4　转头：山名，在东武南四十里。

5　玉花：形容晶莹如玉的雪花。

6　云海光宽：形容雪野茫茫，银光一片。

7　故人：作者自指。

8　翠袖：杜甫《佳人》：“天寒翠袖薄，日暮倚修竹。”此指随行侍女。

【解读】

熙宁九年（1076）冬作于密州。

上片从自己写。离亭樽前，雪中送客。天降大雪有意留君，自己之意自不待言。“雪意留君君不住，从此去，少清欢”三句，令人想起前朝有名的两次“送客”。一是战国庄子的《山木》：“君其涉于江而浮于海，望之而不见其涯，愈往而不知其所穷。送君者皆自崖而反，君自此远矣。”一是唐代岑参的《白雪歌送武判官归京》：“轮台东门送君去，去时雪满天山路，山回路转不见君，雪上空留马行处。”当然还能让人想起王维著名的“劝君更尽一杯酒，西出阳关无故人”（《送元二使安西》）。言浅情深，天生好语，此之谓也。

下片从对方写。设想客行未远而情已生。超然台为作者重筑的登临之所。行客回望密州，不见超然，也就是不见作者；回望超然，也就是回望作者。妙在不直说。“知道故人相念否，携翠袖，倚朱栏”三句，说自己在客人既行之后，仍旧伫立离亭，目送行客远去。妙在也不直说，而是询问对方是否知道。含蓄蕴藉，深情绵缈，此之谓也。

洞仙歌

咏 柳

江南腊尽[1]，早梅花开后，分付新春与垂柳[2]。细腰枝[3]、自有入格风流[4]。仍更是、骨体清英雅秀[5]。　永丰坊那畔，尽日无人，谁见金丝弄晴昼[6]。断肠是[7]、飞絮时，绿叶成阴[8]，无个事、一成消瘦[9]。又莫是、东风逐君来，便吹散眉间、一点春皱[10]。

【注释】

1　腊尽：岁尽。

2　“分付”句：谓垂柳体现春天的消息。分付，交付。唐顾况《梁广画花歌》：“紫书分付与青鸟。”与，给。

3　细腰枝：以人喻柳。庾信《和人日晚景宴昆明池诗》：“上林柳腰细。”杜甫《绝句漫兴九首》之九：“隔户杨柳弱袅袅，恰似十五女儿腰。”

4　入格：有品格。唐李商隐《赠柳》：“见说风流极，来当婀娜时。”

5　清英：清雅出众。英，杰出。李白《感时留别从兄徐王延年从弟延陵》：“清英神仙骨，芳馥茝兰蕤。”

6　“永丰”三句：孟棨《本事诗·事感》载，白居易有妓二人，樊素善歌，小蛮善舞，“尝为诗曰：‘樱桃樊素口，杨柳小蛮腰。’年既高迈，而小蛮方丰艳，因为杨柳之词以托意，曰：‘一树春风万万枝，嫩于金色软于丝。永丰坊里东南角，尽日无人属阿谁？’”此用此典。永丰坊，地名，在长安。

7　断肠：以人拟柳，极言伤感。此二字直贯至“一成消瘦”句。

8　绿叶成阴：语出唐杜牧《叹花》：“自恨寻芳到已迟，往年曾见未开时。如今风摆花狼藉，绿叶成阴子满枝。”

9　无个事：没一点事，意谓百无聊赖。一成：全成。

10　“又莫”四句：谓惟到来年春风再起时，如愁眉般弯曲的柳叶才会重新舒展。

【解读】

熙宁十年（1077）三月作于汴京。

词应朋友王诜侍姬倩奴之请而作，以拟人方法“咏柳”，上片咏柳之外貌：体态轻盈，仪容入格，骨相高雅；下片写柳之遭际：天生入格风流、清英雅秀，却寂无人知、憔悴消瘦。其端庄雅丽的风格和以人喻柳的手法，与作者另一首有名的咏物词《水龙吟·次韵章质夫咏杨花词》颇为相似。不相似处在于，以人喻柳之外，词作同时又以柳喻人，所喻之人就是朋友王诜的侍姬倩奴。何以知之？不必说作者同时所作的《殢人娇·小王都尉席上赠侍人》对王诜有所规讽，即从本词的使事用典便可看出：词作以咏柳赠王诜侍姬，词中“永丰坊那畔”三句又用白居易咏姬人故事，因此所咏之柳必与所赠之人相关。再从“绿叶成阴”一句来看，此句所祖之杜牧之诗，乃牧之为所迷恋之少女嫁人而作（见《唐阙史》卷上），至此可以肯定所咏之柳与所赠之人的关系了：遭受冷落、憔悴消瘦、愁苦断肠的柳的形象，正是向作者索要此词的王诜侍姬倩奴的化身。这不仅是以拟人法咏柳的一首词，也是以拟物法咏人的一首词，题止云“咏物”，障眼而已。

清沈祥龙云：“咏物之作，在借物以寓性情。凡身世之感，君国之忧，隐然蕴于其内，斯寄托遥深，非沾沾焉咏一物矣。”（《论词随笔》）这是说一般的咏物词，比如上举《水龙吟》一首。对于更多一层含蕴的本篇来说，更为贴切的是同书中的另一段话：“词贵意藏于内，而迷离其言以出之，令读者郁伊怆怏，于言外有所感触。”

阳关曲

中秋作

暮云收尽溢清寒[1]，银汉无声转玉盘[2]。此生此夜不长好，明月明年何处看？

【注释】

1　溢：满出。暗寓月色如水之意。

2　银汉：银河。唐袁晖《七月闺情》："不如银汉女，岁岁鹊成桥。"玉盘：喻月。李白《古朗月行》："小时不识月，呼作白玉盘。"

【解读】

熙宁十年（1077）八月十五日作于徐州。

是年二月老弟苏辙与东坡相见，四月间陪他同赴徐州，八月中秋之后方才离开。这是暌别七年来兄弟首次相聚并共度中秋。去年今日东坡在密州超然台上痛饮达旦，以一曲"明月几时有"抒发昆弟之情。此夜又值中秋，兄弟对面欢晤，不必再唱"千里共婵娟"。无奈聚日恨短，中秋甫过，老弟又要赴南都（今河南商丘）签判任。"别期渐近不堪闻，风雨潇潇已断魂"（《子由将赴南都……》），怎能不令人心生"相见时难别亦难"之叹！

月圆风清，此夜的时光多么美好；兄弟团聚，此生的此夜多么美好！可是，正如明月暂满常亏，人生别易会难，美好的时光多么短暂！明年今日月再圆时，谁知我们能否再度共赏华月，又将在什么地方畅叙别后的思念之情呢？结句问弟，亦兼自问；既是发问，又是怅叹。萍泊之感、鹡鸰之情，溢于言表。作者颇重此词，多年后仍然提及并重加书写："余十八年前中秋夜，与子由观月彭城，作此诗，以《阳关》歌之。今复此夜，宿于赣上，方迁领表，独歌此曲，聊复书之。"(《书彭城观月诗》)需要解释的是，作者称其为诗，且亦收于诗集，但平仄不合诗律，却与王维《阳关曲》（渭城朝雨浥轻尘）相合，又自称以《阳关》歌之，且各词集中亦复收入，所以也应视为词作。

水调歌头

余去岁在东武[1]，作《水调歌头》以寄子由[2]。今年子由相从彭门百余日，过中秋而去[3]，作此曲以别[4]。余以其语过悲[5]，乃为和之[6]。其意以不早退为戒，以退而相从之乐为慰云[7]。

安石在东海[8]，从事鬓惊秋[9]。中年亲友难别，丝竹缓离愁[10]。一旦功成名遂[11]，准拟东还海道[12]，扶病入西州[13]。雅志困轩冕[14]，遗恨寄沧州[15]。　岁云暮[16]，须早计，要褐裘[17]。故乡归去千里[18]，佳处辄迟留[19]。我醉歌时君和，醉倒君须扶我，唯酒可忘忧[20]。一任刘玄德，相对卧高楼[21]。

【注释】

1　去岁：熙宁九年（1076）。

2　《水调歌头》：指《水调歌头·丙辰中秋欢饮达旦大醉作此篇兼怀子由》一词，已见前选。

3　“今年”二句：苏辙于熙宁十年（1077）四月随东坡同至徐州，至八月中秋后两天离开，相聚一百余日。彭门，指彭城，即徐州。隋唐时曾改徐州为彭城郡。

4　“作此”句：指分手时苏辙作《水调歌头》词。

词合乐，故可称曲。

5　以：因为，由于。苏辙词全文如下：“离别一何久，七度过中秋。去年东武今夕，明月不胜愁。岂意彭城山下，同泛清河古汴，船上载《凉州》。鼓吹助清赏，鸿雁起汀洲。　坐中客，翠羽帔，紫绮裘。素娥无赖，西去曾不为人留。今夜清尊对客，明夜孤帆水驿，依旧照离忧。但恐同王粲，相对永登楼。”

6　和（hè 贺）：以诗词相酬唱，通常须遵原作韵脚。

7　“其意”二句：意谓词作劝诫彼此及早退身官场，以隐退后互相往来劝慰对方。作者同时所作《子由将赴南都……》诗，题中也以“今者宦游相别之日浅，而异时退休相从之日长”相劝慰。苏辙和作《逍遥堂会宿二首引》则云：“辙幼从子瞻读书，未尝一日相舍。既壮，将游宦四方，读韦苏州诗，至‘安知风雨夜，复此对床眠’，恻然感之，乃相约早退，为闲居之乐。”均可相参。云，语词。

8　“安石”句：东晋重臣谢安字安石，早年隐居浙江上虞西南东山，毗邻东海。

9　“从事”句：谢安多次被征，均不出仕，四十余岁始有从政之意（见《晋书·谢安传》）。从事，从政。鬓惊秋，惊见鬓发斑白。秋谓秋霜，喻发白。

10　“中年”二句：谢安对王羲之说：“中年以来，伤于哀乐，与亲友别，辄作数日恶。”羲之答：“年在桑榆，自然至此，顷正赖丝竹陶写，恒恐儿辈觉，损其欢乐之趣。”（见《晋书·王羲之传》）难别，分别时感到痛苦，故云“难”。李商隐《无题》:“相见时难别亦难。”丝竹，弦乐和管乐，指音乐。缓，缓解。

11　“一旦”句：用《老子》第九章:“功遂身退，天之道也。”

12　准拟：准定。海道：指滨海的东山。

13　扶病：抱病。西州：古城，在今江苏南京。

14　雅志：素愿，此指归隐之愿。雅，平素。困轩冕：为仕宦所阻挠。轩冕，贵宦所乘之车和所戴之冠，代指仕宦爵禄。唐王维《韦给事山居》：“即事辞轩冕，谁云病未能。”

15　遗恨：遗憾。沧州：水滨之地，指隐者所居。王维《秋夜独坐怀内弟崔兴宗》：“吾生将白首，岁晏思沧州。”以上五句仍用《晋书》谢安事。谢安归隐之志始终不改，本拟稍具政绩便自江道归隐东山，但“雅志未就，遂遇疾笃”。返回都城南京，车过西州门时，知道自己将一病不起，此志难遂。

16　岁云暮：时间晚。此指年纪老大。云，语词。

17　褐（hè 贺）裘：粗麻作面的皮衣，百姓所服，喻指辞官归隐。

18　“故乡”句：东坡兄弟家乡远在四川，故云。

19　迟留：停留。

20　“唯酒”句：三国曹操《短歌行》：“何以解忧，唯有杜康。”《晋书·顾荣传》载顾荣谓张翰曰：“唯酒可以忘忧，但无如作病何耳。”此用其意。

21　“一任”二句：三国时许汜抱怨陈登“无客主之意，久不相与语，自上大床卧，使客卧下床”，刘备说：“君有国士之名，今天下大乱，帝主失所，望君忧国忘家，有救世之意，而君求田问舍，言无可采，是元龙（陈登）所讳也，何缘当与君语？如小人，欲卧百尺楼上，卧君于地，何但上下床之间邪？”（见《三国志·陈登传》）二句用此典，意谓自己已无匡济天下之志，任凭有雄图大略的人去瞧不起我吧！刘玄德，名备，三国蜀主。

【解读】

熙宁十年（1077）八月中秋后作于徐州。

词的内容十分切题，上片是“以不早退为戒”，下片是“以退而相从之乐为慰”。就情感来看，本篇原因其弟词作过悲而作，其沉痛却并不减于其弟之原作。连用典故使词作的语言隐约婉曲，却不足以掩盖字里行间的悲凉气息。想当年，“有笔头千字，胸中万卷，致君尧舜，此事何难”（《沁园春·赴密州早行马上寄子由》），何曾想这番干云豪情被消磨成“一任刘玄德，相对卧高楼”的颓唐自放！更可悯惜的事实是，作者的“雅志”终为“轩冕”所困，不仅与老弟“风雨对床眠”的“退而相从之乐”终未实现，在余下的二十多年中，兄弟二人也是聚少别多。

“岂独为吾弟，要是贤友生。”（《初别子由》）我们常以“手足”比喻兄弟，东坡和其弟苏辙却可谓“情逾手足”，包括该词在内的很多作品证明着这一点。

蝶恋花

暮春别李公择

簌簌无风花自堕[1]，寂寞园林，柳老樱桃过[2]。落日有情还照坐[3]，山青一点横云破。

路尽河回人转柁[4]，系缆渔村，月暗孤灯火[5]。凭仗飞魂招楚些[6]，我思君处君思我[7]。

【注释】

1　簌（sù 素）簌：拟声，此指花落。韩偓《雨》："坐来簌簌山风急，山雨随风暗原隰。"

2　柳老：暮春之柳。白居易《前有〈别杨柳枝〉绝句，梦得继和云：'春尽絮飞留不得，随风好去落谁家。'又复戏答》："柳老春深日又斜。"过：指樱桃花期已过，亦为春尽时事。

3　照坐：照在对坐话别的两人身上。

4　柁：同"舵"。

5　火：顾随认为有凑韵之嫌，按文义当为"明"字（见《东坡词说》）。

6　"凭仗"句：即"凭仗楚些招飞魂"。楚些（suò 所，读去声），指《楚辞·招魂》，因其句末常用语气词"些"字。凭借《招魂》招飞魂，意即像《招魂》召唤屈原那样召唤离去的李公择。古时招魂既用于亡人，也用于遭贬放或在客中的生人。

7　君思我：《楚辞·山鬼》："君思我兮然疑作。"

【解读】

元丰元年（1078）三月作于徐州。

李公择是东坡故友，亦因反对新法遭贬，与东坡志同道合。是年春赴淮南西路提刑任，途经徐州与东坡相聚月余，分别时，东坡以此词及《送李公择》诗送之，有"宜我与夫子，相好手足侔"、"欲别不忍言，惨惨集百忧"之语，足证二人情谊之笃。上片写送别，却以主要篇幅写送别之景，仅用"照坐"两字点题，颇具疏密详略的构思之妙。"'簌簌'字，'自'字，真将落花情理写出，再不为后人留些儿地步。尤妙在'无风'，便觉落花之落，乃是舒徐悠扬，不同于风雨中之飘零狼藉。及至'堕'字，落花乃遂安闲自在地脚跟点地了也"（顾随《东坡词说》）。过片三句设想对方别后系缆渔村，中宵无眠，孤灯独对，为下文"君思我"三字埋下伏笔。煞尾"我思"七字一语双向，谓彼此思念，语气斩截无疑，确是心心相印的朋友语。唐韩愈谓好友孟郊曰："与足下别久矣，以吾心之思足下，知足下悬悬于吾也。"（《与孟冬野书》）已先开东坡之声矣。

浣溪沙

徐门石潭谢雨[1]，道上作五首。

照日深红暖见鱼，连溪绿暗晚藏乌[2]。黄童白叟聚睢盱[3]。　麋鹿逢人虽未惯[4]，猿猱闻鼓不须呼[5]。归家说与采桑姑。

【注释】

1　“徐门”句：作者祈神降雨以解天旱，得雨后再去谢神赐雨。徐门，徐州。石潭，在徐州城东二十里。事详具其《起伏龙行叙》。

2　“连溪”句：杨柳可藏乌鸦，意谓其叶茂密。南朝《读曲歌》：“暂出白门前，杨柳可藏乌。”绿暗，柳叶浓密故色暗。

3　“黄童”句：用韩愈《元和圣德》：“黄童白叟，踊跃欢呀。”黄童，儿童。以其头发黄色，故云。白叟，白发老人。睢盱（huī xū 灰需），淳朴貌。一谓喜悦貌。

4　麋（mí 迷）鹿：鹿类，性温驯。

5　猱（náo 挠）：猿猴之一种。

【解读】

此词与下四首为一组，元丰元年（1078）春夏间作于徐州。

词作的背景是，徐州去年秋水泛滥，作为一州之长，东坡身先士卒，领头抗洪，取得胜利。不料来年又遭春旱，“水未落而旱已成，冬无雪而春不雨，烟尘蓬勃，草木焦枯”（《徐州祈雨青词》）。东坡除组织百姓抗旱外，又到城外石潭求雨。天遂人愿，终降时雨，谢雨归来，心情喜悦，作此五词。

第一首写久旱得雨的村野风光。太阳照射潭水，游鱼如披红光。水边杨柳飘拂，枝叶茂匝浓密。老人孩子，齐聚潭边，观看谢神，神情淳朴。温驯的麋鹿，不曾见过如此多的人，不免惊慌失措；调皮的猿猴，听见祭神的鼓声，不用招呼就跑来凑热闹。末句笔锋一转，想象这些活泼的猿猴们跑回田野，一定会把今天看到的这些稀奇告诉采桑的姑娘们。此前五句全是实景，末句虚拟，使全词顿时充满生动活泼的情致。

浣溪沙

旋抹红妆看使君[1]，三三五五棘篱门[2]。相排踏破蒨罗裙[3]。　　老幼扶携收麦社[4]，乌鸢翔舞赛神村[5]。道逢醉叟卧黄昏。

【注释】

1　旋：立刻。此谓“匆忙”。使君：作者自指。

2　棘篱门：杂生枣树做成的篱笆门。

3　排：推挤。蒨（qiàn 欠）：字又作“茜”，草名，根紫红色，可作染料。杜牧《村行》：“蓑唱牧牛儿，篱窥蒨裙女。”以上三句似从后句化出。

4　收麦社：祭土地以祈麦收丰产之所。

5　鸢（yuān 冤）：老鹰。赛神：酬祭神灵的各种活动和仪式。

【解读】

第二首写谢神归来，过访乡村所见场景。上片近景，写村中少女争睹地方官风采。首句“旋抹”一词，字普通而情逼真。使君经过村庄，这些姑娘事前想来不会得知，当得知时人马已经临近。即使时间紧张，也要匆忙打扮，正反映少女爱美的天性。接下二句写她们三五成群，站在棘篱门前，相互推挤，连新换上漂亮的紫红裙子都被踩破了。句中只写了动作，但她们活泼的神态乃至银铃般的笑声，似乎都浮在眼前、响在耳边。

下片由近景转向远景。麦收季节临近，村民们扶老携幼，聚集在社庙里祭祀土地神，以求有个好收成；乌鸦和老鹰们盘旋于天空，是为了贪吃剩余的祭品：人与鸟按照各自的轨迹生活，各有所求，皆有所得。颇有“鸢飞于天，鱼跃于渊”的和谐意境。然后镜头摇过，推向黄昏道旁吃醉酒的老翁，以热闹场景开端的词作就这样结束在清静的画面中。

浣溪沙

麻叶层层苘叶光[1]，谁家煮茧一村香[2]。隔篱娇语络丝娘[3]。　　垂白杖藜抬醉眼[4]，捋青捣麨软肌肠[5]。问言豆叶几时黄[6]。

【注释】

1　苘（qǐng 请）：青麻，可制布或绳。

2　煮茧：即缫丝，用热水煮蚕茧，抽出蚕丝。

3　络丝娘：虫名，又称莎鸡，因鸣声似纺丝得名。此喻缫丝姑娘。

4　垂白：指头发将白的老人。垂，将要。杖：拄。藜：蒺藜，草本植物，茎长数尺，老后可作杖。

5　“捋青”句：脱下新麦，炒后捣成粉末作干粮以充饥。捋（luō 啰），脱下物体表面的东西。青，指新麦。麨（chǎo 吵），干粮，以麦为之，青黄不接时所食。软，俗称以酒食相慰劳。

6　问言：问。一说有慰问意。

【解读】

第三首仍写村中见闻。上片写村姑的蚕事劳动，从三个不同角度落笔：首句视觉，次句嗅觉，三句听觉。古时养蚕人家多禁忌，煮茧缫丝时节不能串门，缫丝姑娘只能在各自院中隔着篱笆交谈。词句摄取这一习俗，颇具乡土气息。作者并不将农村生活理想化，下片转写村中老人发白眼花，手拄藜杖，仍在捋青捣麨，以充口粮。睹此情景，对农民生活极为关切的作者不禁脱口问出：作物何时才能成熟？

词作上片远景，下片近景，视角与第二首相反。而前五句均叙写村中景象，至末句忽改以问话出之，笔法虚实相参，又与第一首有相似处。

浣溪沙

簌簌衣巾落枣花，村南村北响缫车[1]。牛衣古柳卖黄瓜[2]。　　酒困路长唯欲睡，日高人渴漫思茶[3]。敲门试问野人家[4]。

【注释】

1　缫（sāo 骚）车：缫丝所用的工具。缲，同“缫”。

2　牛衣：冬季覆盖牛马之物，用草或乱麻制成，此处比喻衣服的简陋。《汉书·食货志上》载董仲舒云：“贫民常衣牛马之衣，而食犬彘之食。”按宋曾季貍《艇斋诗话》谓见东坡此词真迹，“牛衣”二字作“半依”。查苏轼《夜泊牛口》诗有“居民偶相聚，三四依古柳”句，若作“半依”，似更饶意境。惜为孤证，不足据改。

3　漫：不经意。

4　野：乡村。

【解读】

第四首写离开村庄之后。上片以听觉为主线写视觉。初夏季节枣花漫开，行走于乡间田野，枣花纷纷落衣巾上，这是耳畔的声音；眺望村南村北，缫丝声此起彼伏，这是远处的声音。衣着简陋的菜农荫于古柳树下，叫卖着黄瓜，这是眼前的声音。一幅情味浓厚的乡村风俗图，仿佛用朴素的画笔绘出！我们分明也听到了能听到簌簌飘落的枣花声，响成一片的缫丝声，夏日路旁那位衣着简朴的卖瓜人悠长的吆喝声！

下片笔触由田野村庄拉回自己身上，这也是整组词转写自己的开始——至第五首主要就是写自己了。数句看似随手写来，实则至为用心。一个“漫”字，写出太阳渐高，酒困路长，旅途劳顿，口渐干渴，不觉间想喝点茶水的感觉。一个“试”字，写出作者询问道旁农家的谦和情态。近千年前的地方长官如此平等待人，并不是件容易的事！

浣溪沙

软草平莎过雨新[1]，轻沙走马路无尘。何时收拾耦耕身[2]。　　日暖桑麻光似泼，风来蒿艾气如薰[3]。使君元是此中人[4]。

【注释】

1　莎（suō 缩）：草本植物，野生于田野沙地。

2　耦（ǒu 偶）耕：两人并耕，后泛指耕种。《论语·微子》："长沮、桀溺耦而耕。"《礼记·曾子问》："命农计耦耕事。"

3　蒿艾：野草名，茎叶有香味。薰（xūn 勋）：香草名，亦指香味。

4　元：通"原"。此：指农村。

【解读】

这组词前四首分写石潭附近景色、谢雨归途乡村见闻，至末首始将角度掉换。虽然全篇六句仍以四句写景，尤其"似泼"二字状阳光，将静态写出动感，但其主旨不在景物描写，而在通过雨后草新、沙地无尘、日照桑麻、蒿艾如薰的田园风光，抒发祈雨成功谢神归来后轻松愉快的心情，也以这似诗如画的景色作为依托，表达对农耕生活的向往。作者与农民有着天然的亲近感，并且从来不讳言这种亲近感。他评陶渊明的诗句“平畴交远风，良苗亦怀新”是“非古人耦耕植杖者，不能道此语，非余之世农，亦不能识此语之妙也”（《题渊明诗》），他自己又有“吏民莫作官长看，我是识字耕田夫”（《庆源宣义王丈以累举得官……》）的诗句，均可取以为此词之脚注。下片末句“使君元是此中人”说出了上片末句“何时收拾耦耕身”的言外之意，那不也就是“我是识字耕田夫”之意吗！整组词以此句收结也许不是偶然的吧。

纵观整组词作，写到各种乡村景色：日照潭鱼、绿柳藏乌、麋鹿惊人、猿猱嬉戏、乌鸢翔舞、草软莎平、轻沙无尘、桑麻光泼、蒿艾气熏；写到各种农作物和草木：麻叶、苘叶、枣花、莎草、蒿艾、黄瓜；写到各种乡村人物：黄童、白叟、采桑姑、村姑、醉叟、络丝娘、菜农；写到各种劳动生活：赛神、煮茧、缫丝、捋青、捣麨、卖黄瓜；也写到村姑争看使君、口渴敲门讨水、询问庄稼收成等具体情节，写到自己对农民的真挚情意和对农民生活隐约的担忧。作为同时所作的一组词，它们体现出写实的创作观念，情景逼真，富于生活气息；它们的内容各有侧重，又互相连贯，颇显剪裁之工；它们在艺术上写景、状物、叙事、抒情的配合恰到好处；它们的语言清新朴素：这样的农村词在此前是不曾得见的。

永遇乐

彭城夜宿燕子楼，梦盼盼[1]，因作此词。

明月如霜，好风如水，清景无限。曲港跳鱼，圆荷泻露[2]，寂寞无人见。紞如三鼓[3]，铿然一叶[4]，黯黯梦云惊断[5]。夜茫茫、重寻无处，觉来小园行遍。　天涯倦客，山中归路，望断故园心眼[6]。燕子楼空，佳人何在，空锁楼中燕。古今如梦，何曾梦觉，但有旧欢新怨。异时对[7]、黄楼夜景[8]，为余浩叹[9]。

【注释】

1　“彭城”二句：白居易《燕子楼三首序》云：“徐州故张尚书有爱妓曰盼盼，善歌舞，雅多风态。予为校书郎时，游徐、泗间，张尚书宴予，酒酣，出盼盼以佐欢。欢甚，予因赠诗云：‘醉娇胜不得，风袅牡丹花。’一欢而去。而后绝不相闻。迨兹仅一纪矣。昨日，司勋员外郎张仲素缋之访予，因吟新诗，有《燕子楼》三首，词甚婉丽。诘其由，为盼盼作也。缋之从事武宁军累年，颇知盼盼始末，云：‘尚书既殁，归葬东洛。而彭城有张氏旧第，第中有小楼，名燕子。盼盼念旧爱而不嫁，居是楼十余年，幽独块然，于今尚在。’”按文中所指张尚书名愔，盼盼为其爱妾，燕子楼乃张愔为其所筑。有人认为事属愔父建封，然建封卒于贞元十六年，白氏贞元二十年始为校书郎，时不相接，可证此说不确。

2　圆荷泻露：露珠从荷叶上滚落。

3　紞（dǎn 胆）如：击鼓声。如，义同“然”，拟声词后缀。三鼓：古人分一夜为五更，每更击鼓报时，又称五鼓。三鼓约为一二时。《晋书·邓攸传》引吴人歌：“紞如打五鼓，鸡鸣天欲曙。”

4　铿然：常形容金石或琴瑟声，此喻树叶落地声，侧写夜之宁静。韩愈《秋怀诗十一首》之九：“空阶一片下，琤若摧琅玕。”

5　“黯黯”句：谓梦惊醒后黯然伤怀。梦云，宋玉《高唐赋》载楚王游高唐之观，梦见神女自称“旦为朝云，暮为行雨”。此喻盼盼入梦。

6　“望断”句：谓故乡渺远，眼不能望，心不能到。杜甫《春日梓州登楼》二首之二：“天畔登楼眼，随春入故园。”白居易《江楼闻砧》：“一夕高楼月，万里故园心。”

7　异时：他日。

8　黄楼：上年八月，黄河决堤，殃及徐州，作者亲率民众击退洪水，并于次年二月建楼于城东门上。水受制于土，土为黄色，故取此名。楼于八月建成，距作此词不过月余，所以联想及之。

9　浩：大，长。末三句谓后人凭吊黄楼，一如自己凭吊前朝遗迹，也会发出“古今如梦”的感叹。

【解读】

元丰元年（1078）十月作于徐州。

有人欣赏这首词优美清新的景色描写，如:“子瞻佳词最多，其间杰出者，如……‘明月如霜，好风如水，清景无限’。”（胡仔《苕溪渔隐丛话》后集卷二六）有人欣赏这首词精练切当的用典，如：“燕子楼空，佳人何在，空锁楼中燕”：“三句说尽张建封（实为张愔）燕子楼一段事，奇哉!”（宋黄升《唐宋诸贤绝妙词选》卷二引晁补之语）又如：“词用事最难，要体认著题，融合不涩。如东坡《永遇乐》云：‘燕子楼空，佳人何在，空锁楼中燕。’……此皆用事不为事所使。”（张炎《词源》卷下）又有人批评这首词艺术上有瑕疵：先说“黯黯梦云惊断”，再说“小园觉来行遍”，又说“古今如梦，何曾梦觉”，不免“犯重”（清沈际飞《草堂诗余别集》卷四），等等。当然各有道理。但词作中心实在“古今如梦，何曾梦觉，但有旧欢新怨”三句。人生无常的凄迷之情，在澄澈要妙的景色描写中，通过对“佳人何在，空锁楼中燕”的燕子楼的凭吊表现出来，而在这三句中到达了它的顶峰。

只要不是浑浑噩噩地生活的人，都难免产生“一切无常住之悲怀”（龙榆生《东坡乐府综论》）的时候。这种悲怀浸染着作者无端的哀怨和不尽的感慨，也体现出一种对时间、历史与生命的思索与体悟。这种思索与体悟在四年后所作的《前赤壁赋》中有了更引人入胜的表达："盖将自其变者而观之，则天地曾不能以一瞬；自其不变者而观之，则物与吾皆无尽也。"经过乌台诗案的东坡，更加成熟了。

江城子

别徐州

天涯流落思无穷。既相逢，却匆匆。携手佳人，和泪折残红[1]。为问东风余几许[2]？春纵在，与谁同[3]？　　隋堤三月水溶溶[4]。背归鸿[5]，去吴中[6]。回首彭城，清泗与淮通[7]。欲寄相思千点泪，流不到，楚江东[8]。

【注释】

1　残红：暮春花败，故称残红。

2　为问：为我问。

3　同：同享。

4　隋堤：隋炀帝大业元年（605）开通济渠，引洛水入黄河，又引黄河水入汴水，经泗水达淮河。渠广四十步，两岸筑道，种植杨柳，后人称隋堤。溶溶：荡漾貌。

5　背归鸿：春天大雁北飞，而作者将南适湖州（今属浙江），故谓“背”。

6　吴中：江浙一带古属吴地。此指湖州。

7　泗：泗水，发源于山东，流经徐州等地，与淮河相通。

8　楚江东：指湖州。长江中下游古属楚国，此段水域称楚江，长江下游以南地区称江东。湖州位于此，故称。

【解读】

元丰二年（1079）三月作于徐州。

“人生底事，来往如梭？”（《满庭芳》）作者一生转徙各处，时间不论长短，身份不论贵贱，都会与当地人结下深厚的友谊。每当离开，总会发自内心地生出一股留恋之情。有人认为这是留别朋友的作品，词中的佳人是喻指朋友，词作是以男女比朋友。古代诗词中以男女比君臣的比比皆是，比同性朋友的却实不多见。其实，就将之解释成是留别佳人，又有何不可！明刊本《诗余画谱》中，此词所配画面上就是佳人与作者携手岸边，整舟待发。

上片写离别时与佳人的依依不舍，下片写想象中沿隋堤舟行南下的情与景（何以知是想象？因为考诸作者的行踪，他离开徐州后并非直接南下，而是先往徐州西北的南都即今河南商丘去探其老弟）。值得揣摸的是“回首”以下五句。作者想象自己南下后回望来处，但见泗水自徐州迤逦而来，直与淮水相通。于是又生出想象中的想象，希望这自离别之地而来的泗水，能带来他所留恋的佳人为他留下的相思之泪。精彩处更在于，这本来已是词人“痴语”，作者偏偏还要假处作真，遗憾自己要去的地方在比淮水更远的楚江东，所以佳人的相思之泪还是无法凭托淮泗之水传递到自己的身边。以写佳人思己来写己思佳人，彼此的相思在这种想象中的想象和假处作真的写法中表现得别饶风神。

卜算子

黄州定慧院寓居作[1]

缺月挂疏桐，漏断人初静[2]。谁见幽人独往来[3]，缥缈孤鸿影[4]。　惊起却回头，有恨无人省[5]。拣尽寒枝不肯栖[6]，寂寞沙洲冷。

【注释】

1　黄州：今湖北黄冈，作者于元丰三年（1080）二月至七年四月谪居于此。定慧院：又名定惠院，在黄州东南，作者初贬黄州时寓居于此。

2　漏：古以铜壶滴水计时称“漏”。漏断是说壶中水已滴尽，表明夜深。

3　幽人：隐居之人。《周易·履》：“履道坦坦，幽人贞吉。”此为作者自指。黄州地处偏僻，作者初贬至此，感觉似幽居之人。另一解为囚禁之人，引申为含冤之人，这也与苏轼其时的谪宦身份吻合。

4　缥缈：隐约高远貌。

5　省（xǐng 醒）：明白。

6　“拣尽”句：宋、金人关于此句多有争议。或谓鸿雁本不栖息于木，故此句有语病；或谓鸿雁不栖于木而云“不肯栖”，并无语病；或谓作者明知鸿雁不栖于木而谓其“不肯”，意在嘉许良禽择木而栖，别有寄托；或谓鸿雁并非不栖于木。等等。见《苕溪渔隐丛话》前集卷三九、《耆旧续闻》卷二、《野客丛书》卷二四、《滹南诗话》卷二等。

【解读】

元丰三年（1080）二、三月间作于黄州。

词作为初至黄州时既寂寞寥落又孤高傲岸的心情立此存照。上片“缺月”二句写景，寥寥十字，一诉诸视觉，一诉诸听觉，环境的幽静清虚俨在目前。“谁见”二句为全篇重心。从词意说，只有远翔高翥的鸿雁得见幽人独自往来，幽人的孤寂便不言自明。从章法说，是从上片说人转到下片咏鸿的过渡，使上下片之间的转折衔接自然，不露圭角。下片由说人转而咏鸿，实际还是在说人。寄慨于缥缈的孤鸿，语语双关而含义隽永。择木良禽寒枝拣尽不肯栖息，它的寂寞、孤高、独自怀愁而又独立不阿，正是作者其时心境的写照和品格的象征。词作意高格奇，境极清冷，“似非吃烟火食人语”（黄庭坚《跋东坡乐府》语）。东汉人王逸读《离骚》云：“莫不慕其（屈原）清高，嘉其文采，哀其不遇，而愍其志焉。”（《离骚章句序》），读此词者得无此种感受乎？

“善鸟香草，以配忠贞。恶禽臭物，以比谗佞。”（同上王逸语）解读古人诗词中的比兴寄托，有助于体会作品的深层含义，关键在于用得其度。“缺月，刺明微也；漏断，暗时也；幽人，不得志也；独往来，无助也……”（宋鲖阳居士《复雅歌词》），“缺月挂疏桐，明小不见察也；漏断人初静，群谤稍息也；时见幽人独往来，进退无处也……”（宋俞文豹《吹剑录》），如此抉发微言大义，实际是断章取义，好端端的一首词被比附穿凿得四分五裂。正像清人王士禛嘲笑的，东坡生前为群小所迫害，身后还硬受差遣指派，真是命苦。

南乡子

黄州临皋亭作[1]

晚景落琼杯[2]，照眼云山翠作堆[3]。认得岷峨春雪浪[4]，初来，万顷蒲萄涨渌醅[5]。　春雨暗阳台[6]，乱洒歌楼湿粉腮。一阵东风来卷地，吹回[7]，落照江天一半开[8]。

【注释】

1　临皋亭：在黄州南门外江边。作者元丰三年（1080）五月自定慧院迁居于此。

2　"晚景"句：夕阳照入酒杯。

3　照眼：耀眼。杜甫《酬郭十五判官》："药里关心诗总废，花枝照眼句还成。"翠作堆：形容绿色之盛。

4　岷峨：四川境内岷山山脉北支，峨眉山傍其南。而眉山距峨眉甚近，故作者常以之代指家乡。如《满庭芳》词："归去来兮，吾归何处，万里家在岷峨。"

5　渌醅（lù pēi 路胚）：美酒，此处与"蒲萄"均喻江水澄澈碧绿。语出李白《襄阳歌》："遥看汉水鸭头绿，恰似葡萄初酦醅。"按李白《经乱离后天恩流夜郎忆旧游书怀赠江夏韦太守良宰》云："江带峨眉雪。"唐郑谷《岷峨雪》亦云："万仞白云端，经春雪未残。夏消江峡满，晴照蜀楼寒。”岷峨峰峦高寒，至春积雪不消。“入夏始得融泮，流入峨江，经三峡而下，清流为之变色。”（李白“江带峨眉雪”句下王琦注引《三峡记》），可见蜀江水碧，出峡便浑。此处谓“蒲萄涨渌醅”，并云“认得”者，语含感情耳。

6　阳台：传在四川巫山。宋玉《高台赋》：“妾在巫山之阳，高丘之岨，旦为朝云，暮为行雨，朝朝暮暮，阳台之下。”此指歌女所处之所，亦即下句之歌台。

7　吹回：指风吹雨散。

8　落照：落日之光。杜牧《洛阳长句二首》之一：“桥横落照虹堪画。”

【解读】

元丰三年（1080）初夏作于黄州。

词作以高爽健朗之笔，连用落、照、作、涨、暗、湿、卷、吹、开等多个动词，描绘“临皋烟景世间无”（《浣溪沙》）的开阔壮丽，体现了初迁临皋的东坡一时的兴会。后来东坡常于此处流连，所谓“酒醉饭饱，倚于几上，白云左绕，清江右洄，重门洞开，林峦坌入，当是时，若有所思而无所思，以受万物之备”（《书临皋亭》）。但对于作者来说，临皋不仅是风景美丽的寓居之地，更是寄托乡思的最佳场所：“临皋亭下不数十步便是大江，其半是峨眉雪水，吾饮食沐浴皆取焉，何必归乡哉！”（《与范子丰》）话虽如此，其实相反，这由岷峨雪水融化而来的滔滔江水每每成为他思乡的媒介。我们读读他另一首词作《满江红》中的句子："江汉西来，高楼下、蒲萄深碧。犹自带、岷峨雪浪，锦江春色。"就不难明了，在这首词中，乡愁是里，临皋之景不过表而已。

定风波

重阳，括杜牧之诗[1]。

与客携壶上翠微[2]，江涵秋影雁初飞[3]。尘世难逢开口笑[4]，年少，菊花须插满头归[5]。

酩酊但酬佳节了[6]，云峤[7]，登临不用怨斜晖。古往今来谁不老，多少，牛山何必更沾衣[8]。

【注释】

1　括：隐括，又作檃（yǐn 引）栝，本为矫正竹木的工具，后指剪裁某一作品以成新作品。杜牧之：杜牧字牧之。杜牧原诗是《九日齐安登高》："江涵秋影雁初飞，与客携壶上翠微。尘世难逢开口笑，菊花须插满头归。但将酩酊酬佳节，不用登临叹落晖。古往今来只如此，牛山何必泪沾衣。"

2　翠微：岚烟缭绕的青山。

3　涵：包容。秋影：谓秋色。

4　"尘世"句：语出《庄子·盗跖》："人上寿百岁，中寿八十，下寿六十，除病瘐、死丧、忧患，其中开口而笑者，一月之中不过四五日而已矣。"

5　"菊花"句：古于重阳登高饮酒赏菊。

6　酩酊（míng dīng 名丁）：大醉貌。酬：应对。了：

结束。

7　峤（qiáo 桥）：陡峭的高山。

8　“牛山”句：《韩诗外传》卷一载，齐景公登牛山，北望齐国河山，想到自己终将死去，“俯而泣沾襟”。晏婴说，如果自古人不死，齐国始祖姜太公至今犹存，您今天将披蓑戴笠耕种于田间，操心农事都来不及，哪儿有功夫担心死的事情呢！牛山，在今山东淄博东。

【解读】

约元丰三年（1080）重阳作于黄州（依薛瑞生《东坡词编年笺证》卷二说）。

两相比较，词作几乎全由杜诗原句组成，只不过个别地方稍加点化而已。但清人王士禛称它为“文人偶然游戏”（《花草蒙拾》），却不甚妥当。古代隐括之作中确有游戏之作，但更多的还是原作思想或艺术于作者之心有戚戚焉的缘故。杜牧曾为前朝黄州太守，诗作正为黄州重九登高之作。抑郁之思以旷达之辞出之，这或许就是打动作者的地方。从艺术上看，杜诗充满爽宕之气，明胡应麟称其“意虽稍疏野，亦自一种风致”（《诗薮》内篇卷五），清桐城派大家吴汝纶评价更高，所谓“感慨苍茫，小杜最佳之作”（《唐宋诗举要》卷五引），这也应当是吸引作者的原因。“借古人之酒杯，浇自己之垒块”，好的隐括词往往具有这样的特点。苏词中还有《水调歌头》（昵昵儿女语)、《哨遍》(为米折腰)等隐括之作,都不得以“游戏”之作视之。

菩萨蛮

回文[1]，夏闺怨[2]。

柳庭风静人眠昼，昼眠人静风庭柳。香汗薄衫凉，凉衫薄汗香。　　手红冰碗藕，藕碗冰红手[3]。郎笑藕丝长，长丝藕笑郎[4]。

【注释】

1　回文：诗词之一种形式，因回环往复均能成诵得名。相传起源于前秦窦滔妻苏蕙的《璇玑图》。

2　闺怨：女子抒发愁怨。亦指文人描写女子愁怨或代女子描写其愁怨的作品。

3　“手红”二句：红润的手端着冰镇莲藕的碗，盛着冰镇莲藕的碗又冰着红润的手。意本杜甫《陪诸贵公子丈八沟携妓纳凉晚际遇雨二首》其一：“公子调冰水，佳人雪藕丝。”

4　藕：谐“偶”音。丝：谐“思”音。

【解读】

元丰三年（1080）冬作于黄州，为组词“四时闺怨”之一。

回文是利用独立方块汉字的特性而成的一种特殊韵文

体，其特殊性表现在正读倒读（有些甚至从任何一字起读）均有意义，均能成诵。主要见于诗歌创作中，但词中亦不少见。就词体来说，大致有三种形式，一是全篇倒读成文。二是上片倒读即成下片。三是上句倒读即成下句。东坡词集中有七首回文，都属于第三类。

回文虽然是韵文文体百花园中的一个品种，但毕竟带有文字游戏的色彩。东坡这首回文词，上片写闺人闺中昼寝，下片写醒后与情郎相嬉戏，虽然不乏一种冰清玉洁之美，自具文情声态，煞费苦心、牵强凑合的痕迹也是明显的，如煞尾二句就难于求甚解，且全词亦无“怨”的气氛，与词题不合。录此词不过聊备一体，以显示作者词作多样性而已。

水龙吟

次韵章质夫杨花词[1]

似花还似非花[2]，也无人惜从教坠[3]。抛家傍路，思量却是，无情有思[4]。萦损柔肠，困酣娇眼，欲开还闭[5]。梦随风万里，寻郎去处，又还被、莺呼起[6]。　　不恨此花飞尽，恨西园、落红难缀[7]。晓来雨过，遗踪何在，一池萍碎[8]。春色三分，二分尘土，一分流水[9]。细看来不是杨花，点点是、离人泪。

【注释】

1　次韵：依照他人作品的韵脚和作。章质夫：名楶（jié 杰），时任荆湖北路提点刑狱。章词全文如下："燕忙莺懒花残，正堤上、柳花飘坠。轻飞点画青林，谁道全无才思。闲趁游丝，静临深院，日长门闭。傍珠帘散漫，垂垂欲下，依前被、风扶起。　　兰帐玉人睡觉，怪春衣、雪沾琼缀。绣床渐满，香毬无数，才圆却碎。时见蜂儿，仰黏轻粉，鱼吞池水。望章台路杳，金鞍游荡，有盈盈泪。"

2　"似花"句：古人多将杨花、柳絮视作花，但亦有认为非花者。梁元帝《咏阳云楼檐柳》："杨柳非花树，依楼自觉春。”故有此句。

3 从教（jiāo交）：任凭，不管。

4 “抛家”三句：杨花离开枝头，却又傍落路旁，想来似乎无情，又好像有意。思（sì四），意。此处指愁意。

5 “萦损”三句：用美人比杨花。柔肠为愁思萦绕，双眼因春困倦怠。损，坏。柔肠，喻柳条。娇眼，指柳叶。古人认为柳叶初生似睡眼初展，称柳眼。李商隐《二月二日》：“花须柳眼各无赖，紫蝶黄蜂俱有情。”

6 “梦随”四句：以美人梦寻意中人被黄莺惊醒，喻杨花随风飘转。化用唐金昌绪《春怨》：“打起黄莺儿，莫教枝上啼。啼时惊妾梦，不得到辽西。”

7 落红难缀：落花难再连接到枝头。

8 一池萍碎：古人认为杨花落水变成浮萍。此句下作者有注云：“杨花落水为浮萍，验之信然。”

9 “春色”三句：谓春已残。

【解读】

元丰四年（1081）春夏作于黄州（依邱俊鹏先生说，见《苏轼〈水龙吟·次韵章质夫杨花词〉琐谈》，载《东坡词论丛》）。

苏轼对咏物之作有自己的评陟标准，就是不粘不脱，不即不离。这首名作的艺术特色正符合这一标准：融惜花、伤春、感时于一炉，融美丽的意境和幽约的情感于一炉，融细腻的刻画和丰富的想象于一炉，确实在写杨花，但将杨花比作人，又俨然在写人，在写人的身世流离之感。前人咏杨花柳絮者，有的说它有情：“落絮游丝亦有情，随风照日宜轻举。”（杜甫《白丝行》）有的说它无才思：“杨花榆荚无才思，唯解漫天作雪飞。”（韩愈《晚春》）词中“无情有思”一句看似普通，却于四字中融进了前人这两种诗意在内，用典而不觉有典。宋初词人叶清臣《贺圣朝》：“三分春色二分愁，更一分风雨。”“落花流水春去也”的凄丽景象，竟然用数学公式的加减离合表达出来，素称名句。而苏词中“春色”三句，“二分”句承上“抛家傍路”，“一分”句承上“一池萍碎”，通篇意脉关联融通，又是叶词所不能具备的。

从某种角度讲，次韵难于原创，因为它是戴着镣铐跳舞。清人沈谦《填词杂说》以十二字评此词：“幽怨缠绵，直是言情，非复赋物。”唐圭璋又以八字冠之：“遗貌取神，压倒古今。”（《唐宋词简释》）均不虚言。不过平心而论，章质夫原词虽稍嫌拘紧，也非等闲之作，尤其“傍珠帘散漫，垂垂欲下，依前被、风扶起”三句，称得上曲尽杨花之妙。王国维说“咏物之词，自以东坡《水龙吟》为最工”，当然无不可，但硬说“东坡《水龙吟》咏杨花，和韵而似原唱；章质夫词原唱而似和韵”（《人间词话》卷上），就不必要了。别忘了东坡自己这样评价章质夫的原作：“《柳花》绝妙，使来者何以措词！”（《与章质夫》）

偶然发现吴世昌先生的一段批评：“静安（王国维）

以为东坡‘杨花词’‘和韵而似元（原）唱，章质夫词元（原）唱而似和韵，才之不可强也如是’，此说甚谬。东坡和作拟人太过分，遂成荒谬。杨花非花，即使是花，何至拟以柔肠娇眼，有梦有思有情，又去寻郎。试问杨花之‘郎’为谁？末句最乏味，果如是则桃花可为离人血，梨花可为离人发，黄花可为离人脸，可至无穷。此词开宋乃至后世无数咏物恶例，但历来评者一味吹捧，各本皆选入，人云亦云，不肯独立思考。”（《词林新话》）赶紧抄录如上，以供肯独立思考之读者思考云。

南乡子

重九涵辉楼呈徐君猷[1]

霜降水痕收，浅碧鳞鳞露远洲[2]。酒力渐消风力软[3]，飕飕[4]，破帽多情却恋头[5]。　佳节若为酬[6]？但把清樽断送秋[7]。万事到头都是梦[8]，休休，明日黄花蝶也愁[9]。

【注释】

1　重九：即重阳。涵辉楼：又名栖霞楼（据作者《与王定国》），原黄州知州闾丘孝终所建，在黄州城最高处，陆游《入蜀记》第四载："下临大江，烟树微茫，远山数点，亦佳处也。"（载《渭南文集》卷四六）徐君猷：名大受，时任黄州知州。

2　鳞鳞：鲜明貌。

3　风力软：风力不大。

4　飕（sōu 搜）飕：风声。

5　"破帽"句：《晋书·孟嘉传》载，桓温于九月九日宴群僚于龙山，孟嘉所戴帽为风吹落而未觉，"落帽"后遂成重阳登高的典故。此处承上句"风力软"三字，说破帽未被吹落，仿佛多情恋头。翻新典故，新颖醒目。

6　若为：如何，怎样。酬：应对，对付。

7　断送：送走，度过。

8　“万事”句：用宋潘阆《樽前勉兄长》句：“万事到头都是梦，休嗟百计不如人。”

9　明日黄花：表达时过境迁的迟暮感。古人重阳赏菊，重阳后即成过时之物。黄花，菊花。蝶也愁：唐郑谷《十日菊》：“节去蜂愁蝶不知。”此处化用其意。

【解读】

元丰四年（1081）重阳作于黄州。

作者很重重阳，曾有“人生唯寒食、重九，慎不可虚掷。四时之美，无如此节者矣”（《与李公择》）之语。但这首重阳词充满衰飒之气，显然与当时的贬谪心情有关。作者一生升沉不定，心中常生梦幻之感，这一时期的词作更多开口说梦，如“世事一场大梦”（《西江月·黄州中秋》，元丰三年作）、“人生如梦”（《念奴娇·赤壁怀古》，元丰五年作）、“笑劳生一梦”（《醉蓬莱》，同前）等。此词煞尾“万事”三句更是这种世事飘忽、人生虚幻情绪的典型反映。末句实是作者三年前在徐州时的诗句，见于《九日次韵王巩》：“相逢不用忙归去，明日黄花蝶也愁。”看来他对此句颇为自得，再次用入词中，并在《与王定国》中告诉定国（即巩）：“其卒章，则徐州逍遥堂中夜与君和诗也。”

满江红

寄鄂州朱使君寿昌[1]

江汉西来[2]，高楼下[3]，蒲萄深碧[4]。犹自带、岷峨雪浪，锦江春色[5]。君是南山遗爱守[6]，我为剑外思归客[7]。对此间、风物岂无情，殷勤说。　《江表传》[8]，君休读。狂处士[9]，真堪惜。空洲对鹦鹉[10]，苇花萧瑟。不独笑书生争底事[11]，曹公黄祖俱飘忽[12]。愿使君、还赋谪仙诗，追黄鹤[13]。

【注释】

1　鄂州：今湖北武汉武昌。朱寿昌：字康叔，时任鄂州知州。

2　江汉西来：长江和汉水汇于武昌，武昌在黄州之西，故云。

3　高楼：由末句可知，指面江耸立于武昌蛇山之上的黄鹤楼。始建于公元223年，与湖南岳阳楼、江西滕王阁并称“江南三大名楼”。

4　蒲萄深碧：形容江水清澄碧绿。语出李白《襄阳歌》：“遥看汉水鸭头绿，恰似葡萄初酦醅。”作者《南乡子·黄州临皋亭作》亦云：“认得岷峨春雪浪，初来，万顷蒲萄涨渌醅。”参该词句下注。

5　“犹自”三句：江水西来，故联想其中杂有故乡的雪水和春色。岷峨，四川境内岷山山脉北支。锦江，川中水名，横穿成都，经岷江而入长江。杜甫《登楼》：“锦江春色来天地。”此均代指家乡。

6　“君是”句：有三解。一、朱寿昌守鄂前作陕州通判（通判又称通守），终南山在陕州之南，故云。二、《诗经·小雅·南山有台》：“南山有杞，北山有李。乐之君子，民之父母。”《序》称：“南山有台，乐得贤也，得贤则能为邦家立太平之基矣。”词句乃用此典赞颂朱寿昌。三、据《宋史》本传，他又曾知阆州（今四川阆中），唐属山南道，词句指此事，“南山”为“山南”之误，“山南”对“剑外”更工稳，而朱在阆州曾断疑狱，“郡称为神，蜀人至今传之”，是其“遗爱”于史有征。且作者为蜀人，称朱寿昌用宦蜀事亦甚恰切。三解均可参。遗爱，遗留下恩泽。班固《汉书·叙传》称循吏：“没世遗爱，民有余思。”

7　剑外：唐都长安在剑阁（今属四川）东北，因称剑阁以南为剑外。

8　《江表传》：书名，记三国吴事，裴松之注《三国志》多引及，今已佚。此代指三国典籍。

9　狂处士：指祢衡，字正平，汉末人，《后汉书》本传称他“少有才辩，而尚气刚傲，好矫时慢物”，终被江夏太守黄祖所杀。处士，未出仕者。

10　“空洲”句：意思是“空对鹦鹉洲”。鹦鹉，鹦鹉洲，在今武汉汉阳江中。黄祖之子黄射在此会宾客，有人献鹦鹉，祢衡作《鹦鹉赋》，洲因而得名。

11　底：什么。

12　曹公：曹操。飘忽：时光流逝甚速。晋陆机《叹逝赋》：“时飘忽其不再。”此指死。

13　“愿使”三句：希望朱寿昌作出像李白那样的诗。谪仙，谪居世间的仙人，形容才行高远。李白《对酒忆贺监》诗序谓贺知章呼其为谪仙人，故后人以谪仙称之。追黄鹤，指追攀李白《望黄鹤楼》、《望鹦鹉洲怀祢衡》一类咏黄鹤楼的诗。

【解读】

元丰四年（1081）秋作于黄州。

上片突兀而起，就眼前景色抒乡关之情，想象间充满了浓郁的诗意。行笔绾合彼我双方，归结为共对此间风物，以“殷勤说”三句逗出下片酣畅淋漓的大段议论。“殷勤说”，说什么？三国时代的大江两岸，活动着多少风流人物，发生过多少风云事！而作者首以“《江表传》，君休读”二句扫倒一切，再接以“狂处士”六句细加阐发。恃才傲物的书生祢衡不得善终，使祢衡不得善终的曹公与黄祖同样烟灰散尽。是故作者在词煞尾处郑重提出：“愿使君、还赋谪仙诗，追黄鹤。”末三句通常理解成，只有文章才是不朽盛事，所以祝愿对方创作杰出作品来追攀前贤。还有说得更具体的，认为李白曾叹服崔颢《黄鹤楼》诗，并作诗与之竞美争胜，所以“追黄鹤”是激励友人写出赶上崔颢咏黄鹤楼的名作。这样，作品的主题就成了一篇《典论·论文》：“年寿有时而尽，荣乐止乎其身，二者必至之常期，未若文章之无穷。”词作倒是披上了一层积极昂扬的色彩，却不知与全篇的乡关之思和沧桑之感极不协调。

对“赋谪仙诗”的理解须与“追黄鹤”联系起来。不是赋一般的谪仙诗，而是赋谪仙有关黄鹤楼那样的诗。然而就咏黄鹤楼的诗来说，李白自谓“眼前有景道不得，崔颢题诗在上头”（见元辛文房《唐才子传》卷一），明言不如崔颢，在艺术上有什么好追的呢？追的是思想！李白的几首黄鹤楼诗，均与叹人生如幻和羡学道飞仙有关。《江夏赠韦南陵冰》：“我且为君槌碎黄鹤楼，君亦为吾倒却鹦鹉洲。赤壁争雄如梦里，且须歌舞宽离忧。”《望黄鹤楼》：“颇闻列仙人，于此学飞术。一朝向蓬海，千载空石室……蹇予羡攀跻，因欲保闲逸。”而黄鹤楼的得名本亦是缘于仙人子乔乘鹤过黄鹄矶，这也是李白咏黄鹤楼飞仙思想之所由来。因而，“追黄鹤”不论是追仙人子乔所骑的那只鹤，还是追谪仙所赋的黄鹤楼诗，就都含有了脱尘俗蹑仙踪的意义。

这样我们再回头看上面。末三句承上“《江表传》，君休读”以下数句而来，正因为“贤愚共零落，贵贱同埋没”（白居易《对酒》），所以作者才要对方不去读记载这些人事的史册（以《江表传》作三国典籍的代表，是因为双方所在之地是孙吴故国，且下文提及的祢衡鹦鹉洲也在此），而要像李白那样，渴望超脱凡尘、升腾成仙。这样理解，就顺理成章，犁然有当了。词作的情感确实消沉了一些，但其中体现的慷慨块垒并非完全不具备“积极”意义。同样作于黄州的名篇《念奴娇》：“大江东去，浪淘尽，千古风流人物……人生如梦，一樽还酹江月。”表现的情绪不正是很相似的吗？

水龙吟

闾丘大夫孝终公显尝守黄州[1]，作栖霞楼[2]，为郡中胜绝[3]。元丰五年，予谪居黄。正月十七日，梦扁舟渡江，中流回望，楼中歌乐杂作。舟中人言，公显方会客也。觉而异之，乃作此词。公显时已致仕[4]，在苏州。

小舟横截春江[5]，卧看翠壁红楼起。云间笑语[6]，使君高会[7]，佳人半醉。危柱哀弦[8]，艳歌余响，绕云萦水[9]。念故人老大[10]，风流未减，独回首，烟波里[11]。　推枕惘然不见，但空江、月明千里。五湖闻道，扁舟归去，仍携西子[12]。云梦南州，武昌东岸，昔游应记[13]。料多情梦里[14]，端来见我[15]，也参差是[16]。

【注释】

1　闾丘大夫孝终公显：复姓闾丘，名孝终，字公显。守黄州：任黄州知州。

2　栖霞楼：见《南乡子》（霜降水痕收）注1。

3　胜绝：绝佳的名胜。

4　致仕：退休。

5 截：直渡。

6 云间：形容栖霞楼之高。

7 高会：雅聚。

8 危柱哀弦：指演奏音乐。危，高。柱，弦枕木，移至高处则声高厉。哀弦，指声音悲怨。

9 绕云萦水：形容歌声高亢回旋，悠扬动听。《列子·汤问》说秦青“抚节悲歌，声振林木，响遏行云”。

10 故人老大：闾丘退休后归故里苏州，作者熙宁七年（1074）即已饮于其苏州家中（有《苏州闾丘、江君家雨中饮酒二首》诗），距作词近十载，可见其年事已高。

11 “独回”二句：指自己梦游春江，回首见闾丘于烟波浩渺中。

12 “五湖”三句：春秋时越败于吴，越人范蠡以美女西施献吴王夫差求和。后越王勾践卧薪尝胆，终得灭吴（见《吴越春秋》卷五《勾践阴谋外传》及《勾践归国外传》等）。唐宋时始传范蠡于灭吴后携西施遁隐太湖（见杜牧《杜秋娘诗》等）。然据研究，西施实未随范蠡泛太湖，而是竟被越国沉于江中。五湖，即太湖。闻道，指懂得功成身退之道。因苏州地处太湖，故以范蠡比闾丘，谓其功成身退。

13 “云梦”三句：谓闾丘应记得旧日在黄州的游踪。闾丘曾守黄州，作者此时又在黄州梦及之，故云。云梦南州，指黄州，因其在古云梦泽之南。武昌东岸，亦指黄州。武昌为今湖北鄂城，与黄州隔江相对。长江经黄州时南流，黄州在武昌东岸。

14　多情：多情的人，指闾丘。

15　端来：准来，定来。

16　参差是：大概如此。指如自己梦见闾丘的情形。白居易《长恨歌》：“雪肤花貌参差是。”

【解读】

元丰五年（1082）正月作于黄州。

作品记梦境兼抒友情。上片写梦境而出以真切之笔，给人以历历在目的真实不虚之感。但过片以“推枕”二字将梦境结束，并以上片“卧看”二字形成呼应，加之“空灵中杂以凄丽”（郑文焯《手批东坡乐府》）的词藻，又确使读此词者产生沧波浩渺、恍惚迷离的梦幻感。下片抒友情而多用想象之辞。写醒来之后，梦境顿消，怅然若失，但见江月侵天，千里澄明，方悟所梦之人实早致仕太湖，因而想其归隐之后，故地黄州定仍萦绕胸中。说故地，实是说故地上的人，即作者自己，暗启出人意表的“料多情”三句：料想闾丘多情，也一定会梦见我，其情形大概就像我梦见他一样吧。

相传作者曾云过苏州而不游虎丘、不谒闾丘是两大憾事，所以每过苏州，必与闾丘流连数日（参清叶申芗《本事词》）。本篇格高韵逸，正是通过幽丽梦境，采用独特构思，表现对闾丘公显深厚友情和深刻思念的作品。

水调歌头

欧阳文忠公尝问余[1]："琴诗何者最善？"答以"退之《听颖师琴》诗最善[2]"。公曰："此诗最奇丽，然非听琴，乃听琵琶也。"余深然之。建安章质夫家善琵琶者乞为歌词[3]，余久不作，特取退之词，稍加檃括，使就声律[4]，以遗之云[5]。

昵昵儿女语[6]，灯火夜微明。恩怨尔汝来去[7]，弹指泪和声。忽变轩昂勇士，一鼓填然作气，千里不留行[8]。回首暮云远，飞絮搅青冥[9]。

众禽里，真彩凤，独不鸣。跻攀寸步千险，一落百寻轻[10]。烦子指间风雨，置我肠中冰炭，起坐不能平[11]。推手从归去，无泪与君倾[12]。

【注释】

1　欧阳文忠公：即欧阳修，"文忠"为谥号。

2　退之：名韩愈，唐代著名文学家。《听颖师琴》：原题《听颖师弹琴》，全文如下："昵昵儿女语，恩怨相尔汝。划然变轩昂，勇士赴敌场。浮云柳絮无根蒂，天地阔远随飞扬。喧啾百鸟群，忽见孤凤凰。跻攀分寸不可上，失势一落千丈强。嗟予有两耳，未省听丝篁。自闻颖师琴，起坐在一旁。推手遽止之，湿衣泪滂滂。颖乎尔诚能，无以冰炭置我肠。”

3 建安：今福建建瓯。章粲为福建浦城人，浦城属建州，治所为建安。

4 使就声律：使其合乐。就，趋向。

5 遗（wèi 为）：赠送。云：语气词。

6 “昵昵”二句：形容琵琶声似恋人的灯下絮语。昵昵，亲密。儿女，指恋人。唐高适《别韦参军》：“丈夫不作儿女别，临歧涕泪沾衣巾。”

7 “恩怨”句：形容琵琶声似恋人的私房话。恩怨，指恋人时好时闹。尔汝，均为第二人称，关系亲近者称对方。

8 “忽变”三句：形容琵琶声激越慷慨，如勇士作战，一往直前。古代作战，以击鼓为进攻信号，擂第一遍鼓时士气最旺，称“一鼓作气”。填然，鼓声。数句语出《左传·庄公十年》：“一鼓作气，再而衰，三而竭。”《孟子·梁惠王上》：“填然鼓之。”及《庄子·说剑》：“臣之剑十步一人，千里不留行。”

9 “回首”二句：形容琵琶声悠扬飘忽，如晴空飞絮。青冥（míng 明），天空。

10 “众禽”五句：形容琵琶曲高低变化的音乐效果。先如百鸟齐鸣，后如艰难攀登，声渐高渺，直至不闻，如凤鸟吞声。忽又由高转低，仿佛一落千尺。寻，八尺。轻，轻易，此指很快地。

11　“烦子”三句：写琵琶曲的动人效果。烦，有劳。子，你。指间风雨，喻手下弹出的琵琶声。肠中冰炭，喻内心波动剧烈。语出《庄子·人间世》郭象注：“喜惧战于胸中，固已结冰炭于五脏矣。”晋陶渊明《杂诗》十二首之四：“孰若当世士，冰炭满怀抱。”

12　“推手”二句：推琴到一边，任乐师回去，因为泪水已尽，不能再为你流泪。形容乐声感人至深，无法再听下去。从，任。

【解读】

元丰五年（1082）正月作于黄州。

音乐是听觉艺术，也是抽象艺术。描写音乐的作品爱用比喻化听觉为视觉，变抽象为形象。白居易的《琵琶行》如此，韩愈的《听颖师弹琴》也如此。唐代的音乐诗不少，宋代的音乐词却不多。此词隐括韩诗，很好地发挥了原作矫健扬厉的风格，将变态百出的音乐效果和听音乐时的强烈感受表现得淋漓尽致。与原诗对照，有意思的变化是原诗中“推手遽止之，湿衣泪滂滂”两句，在词中成为“推手从归去，无泪与君倾”。白居易《自咏》：“百年随手过，万事转头空。”在作者笔下也成了“休言万事转头空，未转头时皆梦”（《西江月》）。追进一层，翻用成句，新颖精警。

清末小说《老残游记》第二回中有对歌女王小玉唱腔的一段描写：“唱了十数句之后，渐渐的越唱越高，忽然拔了一个尖儿，像一线钢丝抛入天际，不禁暗暗叫绝。那知他于那极高的地方，尚能回环转折。几啭之后，又高一层，接连有三四叠，节节高起……那王小玉唱到极高的三四叠后，陡然一落，又极力骋其千回百折的精神，如一条飞蛇在黄山三十六峰半中腰里盘旋穿插。顷刻之间，周匝数遍。从此以后，愈唱愈低，愈低愈细，那声音渐渐的就听不见了。满园子的人都屏气凝神，不敢少动。约有两三分钟之久，仿佛有一点声音从地底下发出。这一出之后，忽又扬起，像放那东洋烟火，一个弹子上天，随化作千百道五色火光，纵横散乱。这一声飞起，即有无限声音俱来并发。”看来，不仅音乐是相通的，音乐的描写也是相通的。

定风波

三月七日，沙湖道中遇雨[1]，雨具先去[2]，同行皆狼狈，余独不觉。已而遂晴[3]，故作此词。

莫听穿林打叶声，何妨吟啸且徐行[4]。竹杖芒鞋轻胜马[5]，谁怕，一蓑烟雨任平生[6]。
料峭春风吹酒醒[7]，微冷，山头斜照却相迎。回首向来萧瑟处[8]，归去，也无风雨也无晴[9]。

【注释】

1　沙湖：在黄州东南三十里。

2　雨具先去：意思是雨具事先未带。

3　已而：过后。

4　吟啸（xiào 笑）：放声吟咏。啸，嘬口出长声。

5　芒鞋：芒草所制之鞋。轻胜马：轻便胜过骑马。

6　一蓑：一身。蓑，本义为用草或棕制成的雨衣。烟雨：喻坎坷。

7　料峭：早春微寒貌。

8　向来：刚才。萧瑟：风雨声。

9　“也无”句：作者十多年后所作《独觉》末二句亦云：“回首向来萧瑟处，也无风雨也无晴。”可见为其得意之句。

【解读】

元丰五年（1082）三月作于黄州。

作者谪黄已二年，很喜爱这里的风土人情，故于此时去黄州东南三十里的沙湖看田，准备终老于此。行前未带雨具，沙湖道中遇雨。想想我们并不陌生的场景：当大雨骤降，多少人手足无措，多少人四散奔跑，多少人身上湿透而心头火起——包括作者的同伴在内。惟有作者对它视若不见，置若罔闻，独自在飘摇的烟雨中吟啸徐行！何以如此？因为他认识到“飘风不终日，骤雨不终朝”，没有永远不停的雨，没有跨越不过的沟。不是吗？当微寒的春风吹过，将自己半醺的酒意吹醒，前方山峰上已经夕阳笼照，似在迎候自己的前行呢！此时再回首刚才经过的地方，那一时肆虐的风雨到哪里去寻它的踪影！

遇雨本是寻常事，但遇雨时不同的表现显示不同的心性修养。词作从下雨写到雨止，但其用意不在写遇雨经历，而在表达一种生活体验、处世态度和人生感悟。词作塑造出一个履险如夷、忧乐两忘、祸福不惊、任天而动的自我形象，体现的精神意志不同于“枝上柳绵吹又少”的缠绵，不同于“人生如梦，一樽还酹江月”的消沉，也不同于“但愿人长久，千里共婵娟”的深情。正是这种精神意志支撑着作者沐风栉雨走过沙湖遇雨的道路，也走过坎坷不平的漫长一生！

浣溪沙

游蕲水清泉寺[1]，寺临兰溪，溪水西流。

山下兰芽短浸溪，松间沙路净无泥[2]，萧萧暮雨子规啼[3]。　　谁道人生无再少[4]，门前流水尚能西[5]。休将白发唱黄鸡[6]。

【注释】

1　蕲（qí 其）水：水名，流经湖北蕲春县。又为县名，在黄州东，即今湖北浠水。清泉寺：寺名，在蕲水城外二里。

2　“松间”句：杜甫《到村》：“碧涧虽多雨，秋沙先少泥。”白居易《三月三日祓禊洛滨》：“柳桥晴有絮，沙路润无泥。”句意似自此化出。

3　子规：鸟名，即杜鹃。

4　“谁道”句：古诗：“花有重开日，人无再少年。”（傅干《注坡词》卷十注引）

5　“门前”句：据词序及作者《游沙湖》：“黄州东南三十里为沙湖，亦曰螺师店，予买田其间，因往相田得疾，闻麻桥人庞安常善医而聋，遂往求疗……疾愈，与之同游清泉寺，寺在蕲水郭门外二里许，有王逸少洗笔泉，水极甘，下临兰溪，溪水西流。余作歌云（词略），是日剧饮而归。”兰溪西流是实写。另，《游沙湖》引这首词，此句作“君看流水尚能西”。君，当指庞安常。

6 “休将”句：白居易《醉歌》：“黄鸡催晓丑时鸣，白日催年酉前没。腰间红绶系未稳，镜里朱颜看已失。”感叹时光易逝，人生易老，此句反用其意。作者《与临安令宗人同年剧饮》有“黄鸡催晓不须愁”之句，《浣溪沙》（雪颔霜髯不自惊）有“莫唱黄鸡并白发”之句，立意均相近。

【解读】

元丰五年（1082）三月作于黄州。

古往今来用各种比喻表达年华易逝、人生短促的现实，使用最多的是花的开谢和水的东流。古语所谓“花有重开日，人无再少年”是有名的一例，汉乐府《长歌行》：“百川东到海，何时复西归。”也是有名的一例。在这里，花儿反复开放的多维性与人生时光的一维性形成反衬，百川的滔滔东流与人生时光的不稍停驻则成为比附。如果说花儿的反复开放使人悲伤，那么江水的滚滚东流则让人绝望。作者熙宁六年（1073）中秋观潮钱塘江，当看到江水受海潮涌阻而倒流，乘兴写下富于奇特联想的一联：“造物亦知人易老，故教江水向西流”（《八月十五日看潮五绝》其三）。这篇即景即事的作品，再次出现意思相近的两句：“谁道人生无再少，门前流水尚能西。”充满更加乐观的气氛和开朗色彩，下与煞尾“休将”一句相贯，上与上片明秀的兰溪风光融合，构成了整首词作轻快明媚、积极向上的基调。

考虑到作者此时的贬谪背景，能写出这样昭彰爽朗的词作，是非常值得称许的。当然，这样讲也许颠倒了事情的因果，准确的说法是，作者本自具有乐观开朗的人生观，溪水西流的特殊景观，不过是他以诗人的眼光敏锐地捕捉来借以抒发情怀的道具罢了。

西江月

公自序云[1]：顷在黄州[2]，春夜行蕲水中，过酒家，饮酒醉，乘月至一溪桥上，解鞍，曲肱醉卧少休[3]。及觉，已晓。乱山攒拥[4]，流水铿然[5]，疑非尘世也[6]。书此词桥柱上。

照野弥弥浅浪[7]，横空隐隐层霄[8]。障泥未解玉骢骄[9]，我欲醉眠芳草[10]。　　可惜一溪明月[11]，莫教踏破琼瑶[12]。解鞍欹枕绿杨桥[13]，杜宇一声春晓[14]。

【注释】

1　公：东坡。此段序当是别人从东坡文章中移来。

2　顷（qǐng 请）：近来。

3　曲肱：弯起手臂作枕。《论语·述而》："曲肱而枕之。"少（shāo 烧）：稍。

4　攒（cuán 窜，读阳平）拥：丛集，耸聚。

5　锵然：象声词，常拟金玉声，此处形容流水。

6　尘世：人世。佛家认为人间污浊，故云。

7　弥（mí 迷）弥：水波荡漾貌。

8　隐隐：隐约可见貌。层霄：层云。

9　"障泥"句：用《世说新语·术解》典："王武

子善解马性，尝乘一马，著连钱障泥，前有水，终日不肯渡。王云：‘此必是惜障泥。’使人解去，便径渡。”句面说障泥未卸，马不肯前行，实际是说为美景所陶醉，自己不肯前行。障泥，以布或锦所制，垂于马腹两侧以挡尘。骢（cōng 聪），青白色的马。骄，马纵腾貌。

10　我欲醉眠：南朝梁萧统《陶渊明传》：“贵贱造之者，有酒辄设。渊明若先醉，便语客：‘我醉欲眠，卿可去。’其真率如此。”此用其语。

11　可惜：可爱。

12　教（jiāo 交）：使，让。琼瑶：美玉。月照溪水，晶莹如玉。

13　欹枕：斜靠枕头。绿杨桥：在蕲水县东，即作者所卧者，名为作者所起。

14　杜宇：鸟名，即杜鹃。杜宇本为古蜀帝，相传杜鹃为其死后所化。

【解读】

元丰五年（1082）三月作于黄州。

叙写自己骑马醉经蕲水溪桥的经历。仿佛是高明的画家，用色彩丰富的笔画出溪桥瑰丽的夜色：俯视但见明月笼罩下空旷的原野，流淌的溪水丁东作响；仰观则为无垠的天空，层层的云霄隐约可见。又比高明的画家更高明，画家能画出乘月骑马、醉眠芳草的词人形象，却画不出幕天席地、纵情风月的潇洒胸怀；能画出“可惜一溪明月”

的迷人景象，却画不出“莫教踏破琼瑶”诗意的想象和对自然的亲近与关爱。小序亦俨然是一篇绝妙小品，其空灵澈彻的意境和删繁就简的文笔，与词作正可互相发明。

江城子

陶渊明以正月五日游斜川，临流班坐，顾瞻南阜，爱曾城之独秀，乃作《斜川诗》，至今使人想见其处[1]。元丰壬戌之春[2]，余躬耕于东坡，筑雪堂居之[3]。南挹四望亭之后丘[4]，西控北山之微泉[5]，慨然而叹：此亦斜川之游也。乃作长短句，以《江城子》歌之。

梦中了了醉中醒[6]，只渊明，是前生[7]。走遍人间、依旧却躬耕。昨夜东坡春雨足，乌鹊喜，报新晴[8]。　雪堂西畔暗泉鸣。北山倾，小溪横。南望亭丘、孤秀耸曾城[9]。都是斜川当日境[10]，吾老矣，寄余龄[11]。

【注释】

1　“陶渊明”六句：陶渊明《游斜川》诗序云：“辛酉正月五日，天气澄和，风物闲美，与二三邻曲，同游斜川。临长流，望曾城……彼南阜者，名实旧矣，不复乃为嗟叹。”诗中又有“气和天惟澄，班坐依远流”的句子。陶渊明，字潜，东晋田园诗人。斜川，地名，在渊明家乡江西九江附近。班坐，依次而坐。阜，土山。曾城，即层（層）城，传说中昆仑山最高层。陶诗中指庐山北面的鄣山。

2　元丰壬戌：元丰五年（1082）。

3　“余躬耕”二句：作者于上年三、四月间在黄州城东南开荒种地，仿白居易在忠州（今属重庆）时所取地名，名之曰东坡。本年正月又于其旁修建住所五间。因建于雪中，故绘雪景于壁上，起名雪堂。

4　挹（yì）：牵引，控制。四望亭：在雪堂南高冈上，唐人所建，为当地名胜。

5　北山：指位于城北的聚宝山。

6　“梦中”句：作者《和陶饮酒二十首》序云：“吾饮酒至少，常以把盏为乐。往往颓然坐睡，人见其醉，而吾中了然，盖莫能名其为醉为醒也。”可与此句相参。了了，明白。

7　“只渊明”二句：连上句说醉梦恍惚觉得自己的前生是陶渊明，这是认为自己多有与陶渊明相似处。前生，过去的一生。佛教轮回的观点，称人有前生、今生、来生三生。

8　“乌鹊”二句：古有乌鹊鸣叫而天放晴的说法。

9　“孤秀”句：形容四望亭之后丘巍然独耸，好像传说中的昆仑仙境。

10　“都是”句：意谓雪堂四周环境很像陶渊明当日游览的斜川。

11　“吾老”二句：意谓愿在黄州度过余生。

【解读】

元丰五年（1082）春作于黄州。

因乌台诗案谪居黄州，是东坡平生遭受的第一次重大打击。他在黄州期间既有愤懑的情绪，又有颓丧的心态，也有不甘的思想，颇为复杂。政治的打击加上黄州山水的吸引，使他久已有之的归隐之志变得强烈。这时，东晋隐逸诗人陶渊明“先师有遗训，忧道不忧贫”（《癸卯岁始春怀古田舍二首》其二）的思想境界、“代耕本非望，所业在田桑”（《杂诗十二首》其八）的人生追求和诗中所表现的“此理将不胜，无为忽去兹”（《移居二首》其二）的归隐之乐，开始吸引了东坡的注意。后来他对陶渊明的钦敬与向慕与日俱增，直至将一百二十余首陶诗几乎和遍。

词作开头即谓“只渊明，是前生”，从下文看，似乎由于东坡景致与“斜川当日境”十分相似，其实这不过是托词，实际表达的是将与世乖违、躬耕力田的陶渊明引为知己，与陶渊明的心灵息息相通。词作构思颇具匠心。起止处分别用“只渊明，是前生”和“都是斜川当日境”相照应，中间以大段白描手法描绘清新的景色，作者身处之景与渊明当日之境便迷离混融了，使读者平添梦耶非梦耶之感。结语“吾老矣，寄余龄”六字，平淡之中深寓感慨，上文所云作者此时的复杂心态正可于此处捕捉。

虽然境是斜川之境，人毕竟非斜川之人。作者所景仰的陶渊明能够坚决辞官，从此归隐田园达二十年。作者却当时局一旦发生变化，就欣然或不太欣然地复起应命了。

南歌子

带酒冲山雨[1]，和衣睡晚晴。不知钟鼓报天明，梦里栩然蝴蝶一身轻[2]。　　老去才都尽[3]，归来计未成[4]。求田问舍笑豪英[5]，自爱湖边沙路免泥行。

【注释】

1　冲：冒着。韩愈《广宣上人频见过》："三百六旬长扰扰，不冲风雨即尘埃。"

2　"梦里"句：用《庄子·齐物论》典："昔者庄周梦为蝴蝶，栩栩然蝴蝶也……"栩栩，欢乐畅快貌。此句指酣睡。

3　"老去"句：杜甫《寄彭州高三十五使君适虢州岑二十七长史参三十韵》："老去才难尽，秋来兴甚长。"此反用之。

4　"归来"句：意谓无法实现归隐之志。

5　求田问舍：指经营家产。用《三国志·陈登传》载许汜抱怨陈登，刘备为之解说之典，原文见前选《水调歌头》（安石在东海）注21。

【解读】

元丰五年（1082）春作于黄州（依邹同庆、王庆堂

《苏轼词编年校注》说）。

一生盼望归乡，一生不得归乡；一生痛苦地生活，一生又快乐地生活。快乐的源泉就在于善自解脱——“此心安处是吾乡”（《定风波》）！作这首词时的东坡，正遭受见谗被贬的厄运，却仍然可以尽享庄周化蝶、“不知钟鼓报天明”的美梦。近二十年后再谪惠州，依然朗声高歌：“报道先生春睡美，道人轻打五更钟。”（《纵笔》）其自适之态何曾改变！

词作当然是有失意感的。用“自爱湖边沙路免泥行”的理由一本正经地解释上句“求田问舍笑豪英”的原因，就未尝没有自抒牢骚的意味。但更多表现的是作者洒落的襟怀和飘逸的意绪，也是不争的事实。词作意境清朗空明，语言俊爽奇拔。不经意写来，意到语工，不期高远而自高远。

哨遍

陶渊明赋《归去来》[1]，有其词而无其声[2]。余既治东坡，筑雪堂于上[3]，人俱笑其陋，独鄱阳董毅夫过而悦之，有卜邻之意[4]。乃取《归去来》词，稍加櫽括，使就声律，以遗毅夫，使家僮歌之，时相从于东坡，释耒而和之[5]，扣牛角而为之节[6]，不亦乐乎[7]？

为米折腰[8]，因酒弃家[9]，口体交相累[10]。归去来，谁不遣君归？觉从前皆非今是。露未晞[11]，征夫指余归路[12]，门前笑语喧童稚[13]。嗟旧菊都荒[14]，新松暗老，吾年今已如此[15]。但小窗容膝闭柴扉[16]，策杖看孤云暮鸿飞[17]。云出无心，鸟倦知还，本非有意。　　噫！归去来兮，我今忘我兼忘世。亲戚无浪语[18]，琴书中有真味[19]。步翠麓崎岖，泛溪窈窕[20]，涓涓暗谷流春水[21]。观草木欣荣，幽人自感[22]，吾生行且休矣[23]。念寓形宇内复几时[24]，不自觉皇皇欲何之[25]，委吾心、去留谁计[26]。神仙知在何处？富贵非吾志。但知临水登山啸咏[27]，自引壶觞自醉[28]。此生天命更何疑[29]，且乘流、遇坎还止[30]。

【注释】

1　《归去来》：即《归去来兮辞》，为陶渊明的名作，表达了作者对田园生活的向往和他的归隐之志。来，叹词。

2　“有其”句：指陶赋不能入乐，只可阅读。

3　“余既”二句：作者于元丰四年（1081）三、四月间在黄州东南开荒种地，取名东坡。本年正月大雪，又于其旁修筑住所五间，并绘雪景于壁上，取名雪堂。

4　“独鄱”二句：董毅夫，名钺，元丰五年春来访黄州。过，访问。卜邻，选择邻居，指与某人为邻。

5　耒（lěi 垒）：翻土农具。和：应答，此指跟着唱。

6　为之节：打节拍。

7　“不亦”句：语出《论语·学而》：“有朋自远方来，不亦乐乎？”

8　“为米”句：为俸禄向权贵弯腰。萧统《陶渊明传》记陶语：“我岂能为五斗米，折腰向乡里小儿。”

9　“因酒”句：为了有酒喝而离家去做官。陶渊明自谓“性嗜酒，家贫不能常得”（《五柳先生传》），而“彭泽去家百里，公田之利，足以为酒，故便求之”（《归去来兮辞序》）。

10　“口体”句：为口欲而拖累身体，为身体的舒适而妨碍口欲。交相，互相。累，妨碍。

11　晞（xī 西）：晒干。

12 征夫：行人。

13 “门前”句：儿童在门前喧闹。

14 嗟（jiē 接）：叹息。

15 如此：指如菊荒松老。

16 容膝：义同“立足”，形容地方窄小。柴扉（fēi 非）：柴门，形容居室寒简。

17 策：拄。

18 浪语：随便乱说的话。

19 琴书：弹琴读书。

20 窈窕：深远貌，形容溪水。

21 涓涓：水缓流貌。

22 幽人：隐居之人，此为作者自指。

23 行且：将要。休：死亡。

24 寓形宇内：寄身人世间。复几时：还有多长时间。

25 不自觉：不知不觉。皇皇：通“遑遑”，状匆忙。欲何之：想去哪儿。

26 委吾心：听任我的本心，意谓“随心所欲”。

27 啸咏：歌咏。

28 引：取。觞（shāng 伤）：酒杯。

29 天命：天意，命中注定。

30 “且乘”二句：顺流漂行，遇险则止，谓顺自然。坎，险阻。语出汉贾谊《鹏鸟赋》：“乘流则逝兮，得坻则止。”

【解读】

元丰五年（1082）五月作于黄州。

陶渊明以宁愿冻馁亦“不为五斗米折腰”的气骨，以不违本心坚退躬耕的志趣，以“质而实绮，癯而实腴”(《与苏辙书》)的诗风，成为苏东坡最为钦敬的前代诗人。陶渊明存诗一百二十多篇，苏东坡逐首和作达一百零九篇之多。被贬海南后，随行书籍尽皆弃去，却有《陶渊明集》和《柳子厚集》常置左右，视为二友（见《与程全父》）。

《归去来兮辞》是陶渊明一篇著名的辞赋，写于四十一岁决然辞官归隐之时。文中体现了浓郁的田园气息、归耕乐趣、高洁襟怀、流行坎止的人生态度。东坡用隐括的方式改成这阕《哨遍》，并且十多年后在儋州时再和此篇，可见其喜爱陶集，而于陶集中尤所喜爱者实为此篇，这与其一直怀有归老故乡的素志而终不得遂的境况有直接关系。东坡曾自称“雪堂亦有思归曲”（《次韵黄鲁直寄题郭明父府推颍州西斋二首》其二），宋人已认为诗句所说的“思归曲”就是指这阕《哨遍》（见《苏文公诗编注集成》卷三一此句下引）。姑不论其确否，这阕《哨遍》确实是可以当作东坡的“思归曲”来解读的。

念奴娇

赤壁怀古[1]

大江东去，浪淘尽、千古风流人物。故垒西边[2]，人道是、三国周郎赤壁[3]。乱石穿空[4]，惊涛拍岸，卷起千堆雪[5]。江山如画，一时多少豪杰。　遥想公瑾当年[6]，小乔初嫁了[7]，雄姿英发[8]。羽扇纶巾[9]，谈笑间、樯橹灰飞烟灭[10]。故国神游[11]，多情应笑我[12]、早生华发[13]。人生如梦，一樽还酹江月[14]。

【注释】

1　赤壁：汉建安十三年（208）曹操与孙权、刘备联军激战之所，今多认为在今湖北武昌县西赤矶山，亦有人认为在嘉鱼（今湖北蒲圻县西北）。唐宋时有人指黄州赤壁（又称赤鼻）为三国赤壁古战场，实误。作者《前赤壁赋》云："西望夏口，东望武昌，山川相缪，郁乎苍苍，此非孟德之困于周郎者乎?"《与范子丰》提及此问题时亦有"竟不知孰是"之语，可知其自已疑不能决矣。词中用"人道是"三字，亦此意也。

2　垒：军营壁垒等军事设施。

3　周郎：赤壁之战的主要人物周瑜，字公瑾。《三国志》本传记他任建威中郎将，“时年二十四，吴中皆呼为周郎。”

4 乱石穿空：嶙峋的礁石直插云霄。

5 千堆雪：比喻江水与岸礁相激的浪花。

6 当年：当时。也有人理解为正当壮年。赤壁之战时周瑜三十四岁。

7 小乔初嫁：《三国志·吴书九》作“小桥”，吴国桥公小女儿，天姿国色，嫁周瑜。其姐大乔嫁吴帝孙权之兄孙策。赤壁之战距周瑜娶小乔已有十年，说“初嫁”是为了突出周瑜的年轻风发。

8 雄姿：容貌堂堂。《三国志·周瑜传》：“瑜长壮有姿貌。”英发：《三国志·吕蒙传》记孙权说吕蒙“言议英发”逊于周瑜，东坡《送欧阳推官赴华州监酒》亦云：“知音如周郎，议论亦英发。”可知其本义指谈吐不凡。这里形容人的精神面貌英气勃郁。

9 “羽扇”句：挥羽扇、佩纶巾是古代儒生而非武将的形象，此处形容周瑜的儒将风度。旧有关于诸葛亮“着葛巾、挥白羽扇指挥三军”（宋程大昌《演繁露》卷八引《语林》）的记载，故或以为此句指诸葛亮。但细绎原作，“遥想公瑾”四字直贯“灰飞烟灭”。小乔嫁的是周瑜，持羽扇着纶巾的也是周瑜。纶（guān 官）巾，青丝所织头巾。

10 “樯橹”句：《三国志·周瑜传》载，周瑜听取部将黄盖建议，以轻便战船数十只，装上灌满油的草木，冲向敌船，同时发火，“时风盛猛，悉延烧岸上营落，顷之，烟炎张天，人马烧溺死者甚众，军遂败退”。樯橹，桅杆和桨，代指曹操的军船。李白《赤壁歌送别》：“二龙争战决雌雄，赤壁楼船扫地空。烈火张天照云海，周瑜于此破曹公。”

11　“故国神游”：即“（周瑜）神游故国”之意。故国，旧地，指赤壁。一说，赤壁之地为孙吴所属，周瑜神游到此，故称“故国”。

12　多情：“多情的人”的简称，指周瑜。

13　华：通“花”。东坡嘉祐七年（1062）二十六岁时作《九月二十日微雪，怀子由弟二首》，已有“白发秋来已上簪”句。若是实写，就真的是“早生华发”了。以上三句，理解各不相同，一、在三国古战场神游，应该自笑多情善感，华发早生。二、在三国古战场神游，多情的好友会嘲笑我早生花发。三、在三国古战场神游，旁人应笑我因多情而早生花发。总之，“故国神游”的主语是作者自己。但“神游”如同“神往”，是心欲往而实未往，或实未往而心已往。作者既已身在赤壁，不得称“神游”。三句的意思当是：周瑜如果神游故地，多情的他一定会笑我华发早生。言外包含了周瑜会嘲笑我发已花白而功业不成的意思。

14　酹（lèi 类）：以酒洒地表示祭奠。

【解读】

元丰五年（1082）七月作于黄州。

这是一篇由写景、怀古与自伤三重内容构成的词作，但它们的关系不是平行并列，题是怀古，实是自伤，写景则是怀古与自伤的中介。其基本的情感内容是怀念古代英雄豪杰，感叹现实功业难成，油然而生世事苍茫的悲壮情怀。但由于入世与超世、忧郁与旷达、进取与无为、施展怀抱的雄心与放情山水的意趣交织在一起，体现出的精神意态比其他词作都要复杂。李白《行路难》有云："停杯投箸不能食，拔剑四顾心茫然。"迷惘中透出的愤激跃然纸上。这首词却不然，愤激为悲凉所笼罩，迷惘为彻悟所取代，格外赋予词作以一种崇高美和悲壮美。正是这种崇高美和悲壮美深深打动了近千年来历朝各代胸怀壮志而又壮志难酬的人。

每读这首词，不觉想起毛泽东的《沁园春·雪》。诵其历数秦皇汉武、唐宗宋祖之后结以"俱往矣，数风流人物，还看今朝"的句子，一代政治伟人无与伦比的高蹈胸襟、宏伟气魄立现眼前；而东坡身为旧时文人，虽然胸怀兼济天下之心、建功立业之志，无奈抱负屈曲，志向不申。身临假赤壁，抒发真性情，同样面对"俱往矣"的"多少豪杰"，发出的只能是"人生如梦，一樽还酹江月"的沉重喟叹。它的笔力雄健，它的气格磅礴，有人说它"横槊气概"，"英雄本色"（清徐釚《词苑丛谈》卷三），有人说它"淋漓悲壮，击碎唾壶"（清李佳《左庵词话》），自无不可。但又有人说它开豪放一派，说它"极豪放之致"，这就要看和谁比了。东坡问幕士："我词比柳永词何如？”幕士回答：“柳郎中词，只好十七八女孩儿执红牙拍板，唱‘杨柳岸、晓风残月’。学士词须关西大汉，执铁板，唱‘大江东去’。”（据宋俞文豹《吹剑续录》）不错，但如果与它相比的不是柳郎中的《雨霖铃》而是毛泽东的《沁园春》，什么叫“豪放”，什么不叫“豪放”，就一目了然了。

洞仙歌

仆七岁时[1]，见眉山老尼[2]，姓朱，忘其名，年九十余。自言尝随其师入蜀主孟昶宫中[3]。一日大热，蜀主与花蕊夫人夜起避暑摩诃池上[4]，作一词，朱具能记之[5]。今四十年，朱已死，人无知此词者。但记其首两句[6]。暇日寻味[7]，岂《洞仙歌令》乎？乃为足之[8]。

冰肌玉骨[9]，自清凉无汗，水殿风来暗香满[10]。绣帘开，一点明月窥人；人未寝，欹枕钗横鬓乱[11]。　　起来携素手[12]，庭户无声，时见疏星渡河汉[13]。试问夜如何？夜已三更，金波淡、玉绳低转[14]。但屈指西风几时来？又不道流年[15]、暗中偷换。

【注释】

1　仆：旧称自己。

2　眉山：今属四川，作者家乡。

3　蜀主孟昶（chǎng 厂）：五代时十国之一后蜀的国君，公元934—965年在位。

4　花蕊夫人：孟昶贵妃别号，姓徐。摩诃（hē 喝）池：孟蜀宫苑中的大池。摩诃，梵语“大”的意思。

5　具：全。

6　“但记”句：据胡仔《苕溪渔隐丛话》前集卷六十，此“首两句”即为“冰肌玉骨，自清凉无汗”。

7　暇日：空闲时。寻味：探索，玩味。

8　足之：补足全词。

9　“冰肌”句：形容花蕊夫人莹澈高洁。语出《庄子·逍遥游》：“藐姑射之山，有神人居焉。肌肤若冰雪，淖约若处子。”及杜甫《徐卿二子歌》：“大儿九龄色清澈，秋水为神玉为骨。”

10　水殿：摩诃池旁的宫殿。据记载，池旁有宣华苑等建筑。

11　钗横鬓乱：白居易《如梦令》：“肠断，肠断，记取钗横鬓乱。”欧阳修《临江仙》：“水精双枕，傍有堕钗横。”

12　素手：白皙的手，常用以形容女子。东汉《古诗十九首》之十：“迢迢牵牛星，皎皎河汉女。纤纤擢素手，札札弄机杼。”

13　河汉：银河。

14　“金波”二句：写夜深景象。金波，月光。玉绳，北斗第五星北面的两颗星。玉绳低转表明夜已很深。

15　不道：不说。一说是“不觉”的意思。

【解读】

元丰五年（1082）夏作于黄州，写蜀主孟昶与后妃纳凉故事。

词序提到只传下首二句的孟词，在南北宋之交时据说发现了，词牌成了《玉楼春》，但语句与苏词极为相似："冰肌玉骨清无汗，水殿风来暗香满。帘开明月独窥人，倚枕钗横云鬓乱。三更庭院悄无声，时见疏星渡河汉。屈指西风几时来，只恐流年暗中换。"（见张邦基《墨庄漫录》卷九）有人说苏词根据孟词改编而成，也有人说是后来的好事者改编苏词而托名于孟昶。诚如浦江清所说："倘东坡知此《玉楼春》全词，何必更作《洞仙歌》？倘不知之，何能暗合古词如此乎？"（《花蕊夫人宫词考证》）后说当更近是。但我们想说的是，即使属于前一种情况，也不能抹杀苏词对于原作的创新，这个创新就在于煞尾三句："但屈指西风几时来，又不道流年、暗中偷换。"

翻阅此前各家注释，多于此三句下不置一词，大概认为无可注之义吧。最早的苏词注本，南宋傅干《注坡词》卷五倒引东坡自己的诗句"苦热念西风，常恐来无时"（《秋怀》二首之一），为加一注。其实单看此二句，与苏词的意义是正相违逆的，加上接下二句"及兹遂凄凛，又作徂年悲"，才合成苏词之意，足见傅干未必体察这二句的深意。真正体察到这二句深意的，先有吴小如："词人写帝王后妃于池上纳凉，已避炎歊，理宜知足，而犹觉意之不足，因盼秋凉早至。殊不知西风既来，则一年又逝矣。汤显祖《还魂记》写杜女游园，有'锦屏人特看得韶光贱'之句，正从坡词悟出，可以互参也。"（《读词散札》，《诗词丛札》)，续有周汝昌：“东坡既叙二人之事毕，乃于收煞全篇处，似代言，似自语，而感慨系之：当大热之际，人为思凉，谁不渴盼秋风早到，送爽驱炎？然而于此之间，谁又遑计夏逐年消，人随秋老乎？嗟嗟，人生不易，常是在现实缺陷中追求想象中的将来的美境；美境纵来，事亦随变：如此循环，永无止息——而流光不待，即在人的想望追求中而偷偷逝尽矣！”(《〈洞仙歌〉鉴赏》)这的确是一篇警策之句，回头比较《玉楼春》末二句，不过说殿中美人希望秋天早日到来，又害怕流年似水，时间过得太快。了无曲折，平淡无奇，二词的高下，在这一比较中不言自明了。

此词的语言“好语穿珠”，意境“清丽高浑”(俞陛云《唐五代两宋词选释》)，“将热夜纳凉情景，写得清凉自在，如涉灵境”(唐圭璋《唐宋词简释》)。但如果我们理解了煞尾二句的深微之意，整首词就不再只是对一个帝后纳凉情事的刻画，不再只是一段故实的敷衍，而是有更深的寓意，更高的格调。

念奴娇

中　秋

凭高眺远，见长空、万里云无留迹。桂魄飞来[1]，光射处、冷浸一天秋碧[2]。玉宇琼楼[3]，乘鸾来去[4]，人在清凉国[5]。江山如画，望中烟树历历[6]。　　我醉拍手狂歌，举杯邀月，对影成三客[7]。起舞徘徊风露下[8]，今夕不知何夕[9]。便欲乘风[10]，翻然归去[11]，何用骑鹏翼[12]。水晶宫里[13]，一声吹断横笛[14]。

【注释】

1　桂魄：古人称月亮为月魄，又认为月中有桂树，故称桂魄。魄，月初出或始缺时不明亮的部分。

2　“冷浸”句：秋天的碧空浸透着清冷的月光。

3　玉宇琼楼：月宫。见前选《水调歌头》（明月几时有）注7。

4　“乘鸾”句：《龙城录》载唐玄宗游月中，见一宫府榜曰“广寒清虚之府”，“下见有素娥十余人，皆皓衣，乘白鸾，往来舞笑于广陵大桂树之下。”该书为南宋时王铚托名唐柳宗元所作，成书在东坡之后，但可说明当时流行的这类传说。鸾，凤凰一类的神鸟。

5　清凉国：指清凉的月中。

6　望中：眺望之中。烟树：烟云笼罩的树木。历历：分明貌。

7　“举杯”二句：用李白《月下独酌》句：“举杯邀明月，对影成三人。”三客，指自己、月和月下自己的身影。

8　“起舞”句：与上“我醉”句相联，化用《月下独酌》诗意：“我歌月徘徊，我舞影零乱。”

9　“今夕”句：见《水调歌头》（明月几时有）注5。

10　乘风：见《水调歌头》（明月几时有）注6。

11　翻然：高飞貌。

12　鹏翼：大鹏之翅。《庄子·逍遥游》：“鹏之背，不知其几千里也。怒而飞，其翼若垂天之云。”

13　水晶宫：指月宫。

14　吹断横笛：吹破横笛，形容笛声高亢嘹亮。横笛，又称横吹，即今天常见的七孔笛。

【解读】

元丰五年（1082）八月十五日作于黄州。

古往今来，中秋之月激发过文人多少丰富的情感和无穷的想象。苏东坡在熙宁九年（1076）写过的脍炙人口的《水调歌头》（明月几时有），尽情驰骋对月宫的幻想，表达超脱尘俗和依恋现实的矛盾，倾吐对情同手足的老弟的思念，是一篇内容奇幻、情感深沉的不朽经典。这首作于七年后同一时刻的同题之作，融合前代的神话传说，发挥自己的艺术想象，采用浪漫主义的创作手法，描写登高望远时幻想中月宫美妙的景象和抒发徘徊月下时乘长风翻然归去的愿望，充分表现出对精神解脱与身心自由的向往与追求。

从“玉宇琼楼”与“琼楼玉宇”，“举杯邀明月”与“把酒问青天”，“今夕不知何夕”与“今夕是何年”，“便欲乘风归去”与“我欲乘风归去”等的比较中，不难看到此词对《水调歌头》字面和文意的继承。也许整体上较旧作稍逊一筹，但在内容和情感上，它将旧作的奇幻、深沉化为简净、高旷，落想奇拔，意趣高远，风格超逸，笔力健劲，不失为一篇充满瑰丽色彩和浪漫气息的优秀作品。

浣溪沙

十二月二日，雨后微雪，太守徐君猷携酒见过[1]，座上作《浣溪沙》三首。明日酒醒，雪大作，又作二首。

覆块青青麦未苏[2]，江南云叶暗随车[3]，临皋烟景世间无[4]。　　雨脚半收檐断线[5]，雪床初下瓦跳珠[6]，归来冰颗乱粘须[7]。

【注释】

1　徐君猷：名大受，时任黄州知州。他对作为罪人谪黄的东坡十分优待。元丰六年（1083）病逝后，东坡在给君猷弟得之的信中说："始谪黄州，举目无亲，君猷一见，相待如骨肉，此意岂可忘哉？"（《与徐得之》）见过：来访。

2　覆块：谓麦苗覆盖田垅。块，土块。苏：复苏，此指麦发芽。东坡确有种麦之事，《与王定国》之十三："近日方得雨，日夜垦辟，欲种麦，虽劳苦却亦有味。"《东坡八首》其五亦有"投种未逾月，覆块已苍苍"之句。

3　云叶：云片，云朵。南朝陈张正见《初春赋得池应教》："春光落云叶，花影发晴枝。"车：指徐君猷的车。

4　临皋：亭名，在黄州南门外江边。作者元丰三年

（1080）二月贬黄时居定慧院，五月迁于此。《书临皋亭》形容此处的风景是“白云左绕，清江右洄”。

5 雨脚：形容密集的雨点。杜甫《茅屋为秋风所破歌》：“雨脚如麻未断绝。”

6 雪床：当时俗语，即雪霰，雪珠。

7 须：胡须。唐杜荀鹤《早发》：“时逆帽檐风刮顶，旋呵鞭手冻粘须。”

【解读】

这组词共五首，元丰五年（1082）十二月作于黄州。

写出门迎徐守所见景象。上片俯察仰观，写临皋之美景。“暗随车”点出太守来访。下片专写雨雪。雨势半收，所以“檐断线”；大雪初下，所以“瓦疏珠”：观察尤为细腻。末句忽然转涉自己，颇富情趣。

浣溪沙

醉梦昏昏晓未苏[1]，门前辘辘使君车[2]，扶头一盏怎生无[3]？　　废圃寒蔬挑翠羽[4]，小槽春酒冻真珠[5]，清香细细嚼梅须[6]。

【注释】

1　苏：苏醒。

2　辘辘：车轮转动之声。使君：指徐君猷。

3　扶头：一种酒，因易醉得名。宋王禹偁《回襄阳》："扶头酒好无辞醉。"怎生无：怎么能没有呢。怎生，怎么。生，语助词。宋柳永《临江仙》："问怎生禁得，如许无聊。"

4　圃：菜园。翠羽：形容菜叶的鲜嫩。作者曾在东坡种"果菜数十畦"（《与李公择》）。

5　槽：酿酒或注酒的器皿。真珠：形容酒滴的晶莹。此句用李贺《将进酒》："小槽酒滴真珠红。"

6　须：花蕊。

【解读】

写与徐守畅饮。上片写客人来访，表达一醉方休的愿望；下片写准备菜肴，表现一饮千钟的兴致。"废圃寒蔬"是自谦所备寒俭，"小槽春酒"写来客所携酒之珍贵。末句转写饮酒赏梅，似用特写镜头使全篇定格，颇有余味不尽之感。

浣溪沙

雪里餐毡例姓苏[1]，使君载酒为回车[2]，天寒酒色转头无[3]。　　荐士已闻飞鹗表[4]，报恩应不用蛇珠[5]，醉中还许揽桓须[6]。

【注释】

1　“雪里”句：《汉书·苏武传》载，苏武出使匈奴，匈奴将其关于窖中，断其饮食，逼其投降。苏武将毡毛和雪咽下，数日不死，匈奴以为神。此句用此典，不取守节不屈之意，意在比喻黄州生活的贫穷。例姓苏，照例姓苏。

2　为回车：为我调转车行的方向，指专程登门。

3　转头：喻极短的时间。白居易《自咏》：“百年随手过，万事转头空。”天寒，故酒意易除。

4　“荐士”句：汉时上疏荐贤常用“贽鸟累百，不如一鹗”，如樊准荐庞参（见《后汉书·庞参传》），孔融荐祢衡（见《后汉书·文苑传》），故此处用“鹗表”代荐表。徐君猷不久前向朝廷推荐东坡，故有此句。飞，传送。鹗，大雕。

5　“报恩”句：《淮南子·览冥》“譬如隋侯之珠”下汉高诱注：“隋侯见大蛇伤断，以药傅之，后蛇于江中衔大珠以报之，因曰隋侯之珠。”此句反用此典，意谓自己不须用世俗的方式感谢徐君猷。

6 “醉中”句：《晋书·桓伊传》载，谢安为皇帝所疑，桓伊在皇帝面前抚筝而歌：“为君既不易，为臣良独难。忠信事不显，乃有见疑患……”声节慷慨，俯仰可观。“安泣下沾襟，乃越席而就之，捋其须曰：‘使君于此不凡！’帝甚有愧色。”此句借此典表示对徐君猷的感激。

【解读】

写对徐守推荐自己的感激。作者因遭谗贬黄州，“自得罪以来，不敢复与人事，虽骨肉至亲，未肯有一字往来”（《与章子厚参政》），“得罪以来，深自闭塞……平生亲友无一字见及，有书与之亦不答”（《答李端叔书》），这些语言固有夸张，却能见出其时真实的处境与心态。作为知州的徐君猷却对他倍加关心，至为友善，亲自上疏相荐，此次又于大雪中过访，令他十分感动，词作下片通过三个典故表达了自己的感动和真诚的谢忱。典故的使用极符合双方的身份和处境，而且颇富幽默感和诙谐感，冲淡了话题本来的沉重和严肃。

浣溪沙

半夜银山上积苏[1]。朝来九陌带随车[2]，涛江烟渚一时无[3]。　　空腹有诗衣有结[4]，湿薪如桂米如珠[5]，冻吟谁伴捻髭须[6]。

【注释】

1　“半夜”句：谓雪覆山而成银山。苏，草。

2　“朝来”句：谓清晨路上车行处翻起白道如练。九陌，本为都城大路，泛指道路。意出韩愈《咏雪赠张籍》：“随车翻缟带。”

3　“涛江”句：谓因天寒雪冻，平日江水流淌和小洲烟云的景象看不见了。渚（zhǔ 主），小洲，小岛。一时，片刻间。

4　“空腹”句：《晋书·隐逸传》载，董京披发而行，逍遥吟咏，“时乞于市，得残碎缯絮，结以自覆，全帛佳绵则不肯受。”此句用此典，表示自己处境虽艰，弦歌不辍。

5　“湿薪”句：《战国策·楚策三》载，苏秦谓“楚国食贵于玉，薪贵于桂”。后以“米珠薪桂”表示物价昂贵，生活困难。作者在《与王定国》中亦提到：“今岁旱，米贵甚。”可知此句是实写。

6　捻髭须：搓胡须，表示苦吟。唐卢延让《苦吟》：

"吟安一个字，捻断数茎须。"

【解读】

作者在黄州时"廪入既绝，人口不少，私甚忧之"，不得不"痛自节俭"，以至每月须将月俸分作三十份，挂在屋梁上，每日限挑一份，即藏去杈子。虽然如此，其胸怀之豁达丝毫不减往昔，所谓"水到渠成，不须预虑，以此胸中都无一事"（均见《答秦太虚》）。词作上片以大笔勾勒气象宽阔之景，下片借典故抒苦中作乐之慨，尤其末句说独自吟诗，言外无红粉相伴，游戏谑浪，体现作者善自排遣、不忧不惧的心性气质，十分迷人。

浣溪沙

万顷风涛不记苏[1]，雪晴江上麦千车[2]，但令人饱我愁无。　　翠袖倚风萦柳絮，绛唇得酒烂樱珠[3]，樽前呵手镊霜须[4]。

【注释】

1　“万顷”句：只听见风声一片，不记得何时醒来。苏，苏醒。写昨夜醉后情景。

2　“雪晴”句：瑞雪兆丰年，故想象雪晴后的丰收景象。

3　“翠袖”二句：歌女倚风而立，雪花萦绕。酒入红唇，犹如樱桃般绚丽。翠袖，指歌女。柳絮，喻雪花。《世说新语·言语》载，谢道蕴说白雪纷纷好像“柳絮因风起”。绛，深红色。烂，色彩绚丽。唐方干《赠美人四首》其一：“舞袖低徊真蛱蝶，朱唇深浅假樱桃。”

4　“樽前”句：转写自己。呵手，嘘气暖手。镊，拔。霜须，白胡须。

【解读】

上片写翌日酒醒所见所感，由瑞雪联想丰年，以至眼前幻化出麦千车的景象。“但令”一句使人想到唐代两位诗人杜甫和白居易。前者云：“安得广厦千万间，大庇天下寒士俱欢颜”（《茅屋为秋风所破歌》），后者云：“安得万里裘，盖裹周四垠。”（《新制布裘》）杜老说的是住，白傅说的是衣，而坡仙说的是食。推己及人，舍己为人，这就是古代文学中的人道主义！下片倒叙，转忆昨日君猷见访，席间对酌的情形。翠袖绛唇的明媚与呵手镊须的龙钟形成对比，上下片间呵手镊须的龙钟与“但令人饱我愁无”的宽阔胸怀形成对比。

此组词以徐君猷冒雪来访为由，描写与其相对畅饮，表达对其关怀自己的感激，同时也体现出他在困境中“虽劳苦却亦有味”（《与王定国》）的乐观精神和“但令人饱我愁无”的高尚襟怀。这组词与三年前作于徐州的一组同调词基本属于“农村”题材，有具体的经历与事件作基础，有强烈的现实感和生活气息，在题材与风格上都是对当时词体创作传统的一种突破。

临江仙

夜归临皋[1]

夜饮东坡醒复醉[2]，归来仿佛三更[3]。家童鼻息已雷鸣[4]。敲门都不应，倚杖听江声。
长恨此身非吾有[5]，何时忘却营营[6]。夜阑风静縠纹平[7]。小舟从此逝，江海寄余生。

【注释】

1　临皋：亭名，在黄州南门外江边。作者元丰三年（1080）五月起寓于此，元丰五年春建成新寓所东坡雪堂，但临皋仍未废，作者常往来于其间。此首即自雪堂夜饮而归临皋之作。

2　东坡：原为黄州东南数十亩之广的荒地，作者元丰四年（1081）三、四月间在此开荒耕种，取名东坡，并于次年正月于其旁修建新居雪堂。

3　仿佛：接近。

4　童：通“僮”。鼻息：鼾声。

5　此身非吾有：意即身不由己。语出《庄子·知北游》：“舜曰：吾身非吾有也，孰有之哉？”

6　营营：往来不息貌，此处形容纷扰劳神。《庄子·庚桑楚》：“无使汝思虑营营。”

7　阑：晚。縠（hú 胡）：有绉纹的纱，此喻水波。刘禹锡《竹枝词九首》之三："瀼西春水縠纹生。"

【解读】

元丰六年（1082）四月作于黄州。

与歌楼酒榭娱宾遣兴的应歌之作不同，词到了东坡，似诗亦复似文，成了随时记录生活、情绪和志趣的工具。一次聚会，一次出游，一次遇雨，一次打猎，一次夜归……但凡有所感触，即可寓之于词。夜饮醉归，敲门不应，踱至江边，拄杖而立，以微醺之人，看茫茫江水，听滔滔江声，顿生此身非我有的感叹，一首意境幽峭的词作于是诞生了。

上片写夜归，写出更阑人静、江声不息的夜境中块然独处、遗世独立的醉人形象，笔法简练而富表现力。虽是写景与事，却已为下片的抒发感慨造足了气氛。过片处感情波涛突兀而起，"长恨"句语出《庄子》，但不是在阐述什么玄言哲理，而是在表达真实处境。"身非吾有"者，作者此时以"黄州团练副使本州安置不得签书公事"的罪人之身幽谪黄州，动静皆须汇报，真的是"身非吾有"；而回顾半生，或陷于政治漩涡，或过着游宦生活，身常不由己，事多与愿违。两年前刚迁临皋亭的时候便有诗句："我生天地间，一蚁寄大磨。区区欲右行，不救风轮左。"（《迁居临皋亭》）这不更是"此身非吾有"吗！"何时"句仍出《庄子》，截取其"无使汝思虑营营"末二字，用的却是整句的意思，意谓何时才能远离宦海浮沉，何时才能免除暗斗明争，何时才能不让功名利禄缠身，何时才能不再苦心劳神！面对着夜阑风静、波澜不起的江面，他不由得喊出了“小舟从此逝，江海寄余生”的心声！这是对身心自由的渴望和呼唤！

南北宋之交的叶梦得《避暑录话》卷上记载，东坡作此词的第二天，“喧传子瞻夜作此词，挂冠服江边，拏舟长啸去矣。郡守徐君猷闻之，惊且惧，以为州失罪人，急命驾往谒，则子瞻鼻鼾如雷，犹未兴（起床）也”。这就是真正的苏东坡。虽然他至死不得实现挂冠退隐的愿望，他的身心、他的精神始终是自由的！

满庭芳

有王长官者[1]，弃官黄州三十三年，黄人谓之王先生。因送陈慥来过余[2]，因为赋此。

三十三年，今谁存者，算只君与长江。凛然苍桧，霜干苦难双[3]。闻道司州古县[4]，云溪上、竹坞松窗[5]。江南岸，不因送子，宁肯过吾邦[6]。　扨扨[7]。疏雨过，风林舞破[8]，烟盖云幢[9]。愿持此邀君，一饮空缸[10]。居士先生老矣[11]，真梦里、相对残釭[12]。歌声断，行人未起，船鼓已逢逢[13]。

【注释】

1　王长官：名与事迹均不详。

2　陈慥：字季常，二十年前与作者相知。过：访问。

3　“凛然”二句：以苍桧比王长官的容颜和操行。桧（guì 贵），树名。霜干，凌霜的树干。苦，极，非常。

4　闻道：听说。司州古县：《旧唐书·地理志三》载，唐时于黄州置总管，辖黄、蕲、亭、南司四州，黄州下有黄冈、黄陂等四县。南司州在黄陂县。因此用“司州古县”称黄陂。王长官其时住在这里。

5　竹坞（wù 误）：此指丛竹环绕的王长官的家。坞，四面如屏的花木丛聚之处。亦指四面高中间低的地势。

6　“江南”三句：意谓如果不是送陈慥，你哪里会来我这里。江南，黄陂在黄州西北，长江横亘其间，故黄州于黄陂可称江南。子，指陈慥。

7　掀（chuāng）掀：风雨声。

8　风林舞破：即风舞林破。

9　烟盖云幢：烟如车盖，云似帷幕。幢（zhuàng壮），车上的帷幕。以上四句写王长官来时的声势。

10　“愿持”二句：愿借这特异之景邀你来尽情畅饮。此，指上面所述王长官来时的景象。空缸，使酒杯空。

11　居士：在家奉佛者。作者自称。

12　釭（gāng刚）：灯。上二句用杜甫《羌村三首》其一：“夜阑更秉烛，相对如梦寐。”晏几道《鹧鸪天》：“今宵剩把银釭照，犹恐相逢是梦中。”

13　逢（péng朋）逢：鼓声。此指开船的信号。

【解读】

元丰六年（1083）五月作于黄州。

东坡两年前为陈慥作《方山子传》，提到黄州一带“多异人”，并感慨“不可得而见”。两年后巧遇“异人”，而所以得遇，又恰因“异人”送陈慥来黄之故，可谓巧中之巧。作品将着力处放在刻画王长官作为“异人”的卓异：“三十”三句以眼前长江比其年寿的卓异；“凛然”二句以苍桧霜干比其容貌的卓异；“闻道”三句写其居处的卓异；“纵纵”四句写因其到来而天雨风起、林破烟生，以表现他行动的卓异。在这神秘诡谲的气氛中穿插“不因”二句，呼应词序，点明他因送陈而过访；“愿持”以下五句，写与之对饮，以一己之衰寓钦仰其健如霜桧之意；最后以“歌声断”三句收束，写尽相聚匆匆的遗憾，却无通常送别诗的伤感。

全词通篇一体，拗怒遒劲，如郑文焯所评：“健句入词，更奇峰特出”，“字字苍寒，如空岩霜干，天风吹堕玻璃地上，铿然作碎玉声。”（《手批东坡乐府》）以此风格表现王长官这样一位特立独行的“异人”，堪称辞情相称。此词墨迹今存。

鹧鸪天

林断山明竹隐墙[1]，乱蝉衰草小池塘[2]。翻空白鸟时时见，照水红蕖细细香[3]。　　村舍外，古城旁，杖藜徐步转斜阳[4]。殷勤昨夜三更雨[5]，又得浮生一日凉[6]。

【注释】

1　墙：指下文“古城”即黄州城的城墙。

2　乱蝉：形容蝉的叫声杂乱。

3　蕖（qú 渠）：芙蕖，即荷花。细细香：即暗香，隐约的香味。杜甫《狂夫》：“雨裛红蕖冉冉香。”

4　杖藜：拄杖。杜甫《绝句漫兴九首》其五：“杖藜徐步立芳洲。”

5　殷勤：本义为“亲切的情谊”，此处有“多承”、“承蒙”的拟人味道，指承天公作美，下了及时雨。唐柳宗元《零陵早春》：“问春从此去，几日到秦原。凭寄还乡梦，殷勤入故园。”

6　浮生：人生虚浮无定，故云。语出《庄子·刻意》：“其生若浮，其死若休。”唐李涉《题鹤林寺僧舍》：“因过竹院逢僧话，又得浮生半日闲。”

【解读】

元丰六年（1083）夏作于黄州。

上片四句四景。第一句远景，林木中断处露出一抹青山，竹丛茂密处隐藏一段城墙。一“明”一“隐”，相映成趣。第二句近景，小池塘边蝉声聒耳，衰草遍地，典型夏季村野雨后景象。第三句仰观所见，白鸟翻空，自由翱翔；第四句俯视所得，映日荷花，清香暗送。下片即事即情。换头二句写闲步的地点与环境，第三句直写闲步。作者其时不过四十八岁，既“杖藜”，又“徐步”，恐非实写，却正表现他索漠怆怏的情怀。其时恰逢的“夕阳”，不仅为自然的时节，恐怕也具有一种象征的意味吧。煞尾二句纯为一个“小人物”的声吻，表现出人在大自然面前的渺小与无为，隐含无穷感慨。此二句乃至整首词竟不用一个表现心境的字眼，却充分地传达出幽狭的意趣和失落的心绪。有人认为词作体现了作者幽静环境中的心旷神怡，还有人只欣赏此二句的“情真景真，随手写来，盎然天趣”（俞陛云《唐五代两宋词选释》），似乎于全词情绪的把握未达一间。

西江月

重阳栖霞楼作[1]

点点楼头细雨，重重江外平湖。当年戏马会东徐[2]，今日凄凉南浦[3]。　莫恨黄花未吐[4]，且教红粉相扶[5]。酒阑不必看茱萸[6]，俯仰人间今古[7]。

【注释】

1　栖霞楼：曾任黄州知州的闾丘孝终建，在郡城最高处。

2　“当年”句：戏马，指戏马台，在徐州，项羽所筑。东徐，即徐州。南朝宋武帝刘裕为宋公时，曾于重九日与军士出游戏马台，后来相沿成俗。作者数年前在徐州任知州，但此处似含有比喻去年与知州徐君猷相聚栖霞楼的意思。

3　南浦：本义为水的南岸，因《楚辞·九歌·河伯》有句云：“送美人兮南浦。”故后多指送别之处。如南朝梁江淹《别赋》：“送君南浦，伤如之何？”此处亦为此意，而所指实为栖霞楼，因为去年今日在此与徐君猷相别。

4　黄花未吐：菊花未开。重阳当赏菊，故云。

5　红粉：指侍女。

6　阑：尽。茱萸：植物名，生于川谷，香味浓烈。古人于重阳头插茱萸以避邪恶。此句似反用杜甫《九日蓝田崔氏庄》："明年此会知谁健，醉把茱萸仔细看。"

7　"俯仰"句：意谓时间流逝，转眼今天就会成为古代。晋王羲之《兰亭集序》："俯仰之间，已为陈迹。"

【解读】

元丰六年（1083）重阳作于黄州。

两年前的重九，作者与徐君猷同登栖霞楼，在写呈徐君猷的《南乡子》中有"万事到头都是梦，休休，明日黄花蝶也愁"的句子。一年前的重九，作者与徐君猷再登栖霞楼，在送其离黄州的《醉蓬莱》中有"来岁今朝，为我西顾，酹羽觞江口"的句子，意思是说明年此时，我还会重登此楼，遥致思念。一年后的今天，作者用这首词践约。

词作采用对比手法，上片首二句在楼头细雨和江外平湖的对比中写出景色的清冷；后二句在过去欢乐和今日凄凉的对比中写出心境的落寞。过片二句在黄花未吐和红粉相扶的对比中写出强为宽解的无可奈何。末二句反用杜诗之意，表达出岁月飘忽、人世苍茫的强烈感受，具有总结全篇的意味。词作并不直说思念，但与徐君猷分别后的寂寥心情，以及由此传达出的对对方的感情，却很容易体会到。

水调歌头

黄州快哉亭赠张偓佺[1]

落日绣帘卷，亭下水连空[2]。知君为我新作，窗户湿青红[3]。长记平山堂上[4]，攲枕江南烟雨，杳杳没孤鸿[5]。认得醉翁语，“山色有无中”[6]。　一千顷，都镜净，倒碧峰[7]。忽然浪起，掀舞一叶白头翁[8]。堪笑兰台公子[9]，未解庄生天籁[10]，刚道有雌雄[11]。一点浩然气[12]，千里快哉风[13]。

【注释】

1　“黄州”句：张偓佺即张梦得、张怀民，时亦谪居黄州，于本年六月在江边新居西南筑亭，以观长江胜景，东坡名之曰“快哉”。详见苏辙《黄州快哉亭记》。

2　水连空：水天相接。唐朱湾《九日登青山》：“水将空合色。”

3　湿青红：因为“新作”，故窗户所绘图案颜色未干。青红，即丹青，颜料。

4　平山堂：在江苏扬州大明寺侧，庆历八年（1048）欧阳修守扬州时建。地势甚高，江南诸山拱列堂檐之下，故名。

5　杳杳：深远缥缈貌。

6　“认得”二句：欧阳修《朝中措》首二句：“平山栏槛倚晴空，山色有无中。”认得，记得，领略到。醉翁，欧阳修的号。“山色有无中”原为王维《汉江临眺》句，故有人认为东坡误属之欧。此处是将快哉亭比平山堂，以其四周风景相似，所以提及“醉翁语”。

7　“一千”三句：写江面开阔，平静如镜，青山倒映水中。顷，一百亩。

8　一叶：喻小船。白头翁：指渔翁。杜甫《清明二首》其二：“春去春来洞庭阔，白萍愁杀白头翁。”

9　兰台公子：战国楚人宋玉，因其曾随顷襄王同游兰台之宫（见《风赋》）。兰台，楚台名，相传旧址在今湖北钟祥县东。

10　未解：不懂得。庄生：战国人庄子，名周。天籁：自然界的声音。籁，本义为箫，泛指声音。《庄子·齐物论》：“女（汝）闻人籁而未闻地籁，女闻地籁而未闻天籁夫?”

11　刚道：硬说。雌雄：宋玉将风分作“大王之风”和“庶人之风”两种，前者是“雄风”，后者是“雌风”（见《风赋》）。

12　浩然气：《孟子·公孙丑上》载孟子之言：“我善养吾浩然之气。”并加解释：“其为气也，至大至刚，以直养而无害，则塞于天地之间。”

13　快哉风：《风赋》：“有风飒然而至，王乃披襟而当之曰：‘快哉此风!’”上二句谓，只要胸存浩然之气，就能享受自然的快哉之风。言外之意是，不必去分什么大王享受雄风、庶民享受雌风了。

【解读】

元丰六年（1083）十一月作于黄州。

从结构上讲，词作不受上景下情格式的约束，上下阕浑然相接，气机流动；就技巧而言，从虚实两面写身居快哉亭所见，既有从落日余晖到水天相连，从碧波镜净到风起浪掀的实写，又有以平山堂作比，借写平山堂的孤鸿杳杳、山色濛濛来表现快哉亭胜景的虚写，开阔明媚的景色体现出作者心胸的适意；从写法来看，议论与写景相结合，直接表达对“快哉”的理解。词作“善写高远之景色，充满感发之力量”（叶嘉莹《论苏轼词》），而其最大的特色是以议论入词。南宋严羽说宋人“以议论为诗”（《沧浪诗话·诗辨》），由此可以看到，东坡这个宋人不止于此，他还“以议论为词”，开了辛弃疾的先河。

宋玉将风分雌雄，说不同地位的人享受不同的风，意寓讽刺，堪称杰构。而东坡此处是在表达一种人生哲学，即快乐与否取决于内心，不取决于外在。只要秉持浩然正气，坦荡襟怀，就能无往不适，无时不快。这一层用意，其老弟苏辙在同时所作的《黄州快哉亭记》中把它表达得更清楚：“夫风无雌雄之异，而人有遇不遇之变。楚王之所以为乐，与庶人之所以为忧，此则人之变也，而风何与焉？士生于世，使其中不自得，将何往而非病？使其中坦然，不以物伤性，将何适而非快？”可见，身处逆境的作者发此议论，不是真的翻宋玉之案，而是意在自勉，当然，亦在勉励快哉亭主人——同样是戴罪谪黄的张偓佺。

满庭芳

元丰七年四月一日，余将去黄移汝[1]，留别雪堂邻里二三君子，会李仲览自江东来别[2]，遂书以遗之[3]。

归去来兮[4]，吾归何处，万里家在岷峨。百年强半，来日苦无多[5]。坐见黄州再闰[6]，儿童尽、楚语吴歌[7]。山中友，鸡豚社酒[8]，相劝老东坡[9]。　　云何[10]？当此去，人生底事[11]，来往如梭？待闲看秋风，洛水清波[12]。好在堂前细柳，应念我，莫剪柔柯[13]。仍传语、江南父老，时与晒渔蓑[14]。

【注释】

1　去黄移汝：作者元丰七年（1084）正月接诰命，改任汝州（今河南临汝）团练副使，此时将离黄赴汝。

2　李仲览：名翔，永兴（今湖北阳新）人，素仰东坡，常自永兴来谒黄州。东坡自黄移汝，时任兴国军（治所在永兴）知军的好友杨绘派他至黄邀坡来兴国相聚。南宋王质《东坡先生祠堂记》（《雪山集》卷七）详载此事，文中引词序“会李仲览”句无“别”字，是；“江东”作“江南”，兴国确在长江之南，是。会，正逢。

3 “遂书”句：此句为实写，南宋初王之道还见过李仲览所藏的墨迹，见《跋李仲览所藏东坡〈满庭芳〉法帖》（《相山集》卷二七）。

4 归去来兮：陶渊明《归去来兮辞》：“归去来兮，田园将芜胡不归。”来兮，叹词。

5 “百年”二句：语出韩愈《除官赴阙至江州寄鄂岳李大夫》：“年皆过半百，来日苦无多。”强（qiǎng 抢）半，接近一半。作者时年四十八岁。苦，苦恼于。

6 再闰：作者元丰三年（1080）二月至黄，七年四月离黄，元丰三年有闰九月，六年有闰六月，故云。闰，闰月。农历一年较地球公转一周相差约十天，积若干年而成闰月。

7 “儿童”句：意谓久居黄州，孩子已改本地口音。东坡谪黄时，长子二十二岁，次子十一岁，三子九岁。“儿童”应指二子和三子。楚语吴歌，黄州属古楚地，三国时属吴国，故云。

8 鸡豚社酒：指朋友聚会饮宴。语出韩愈《南溪始泛三首》之二：“愿为同社人，鸡豚燕春秋。”豚（tún 屯），小猪。社酒，本为祭土地神时喝的酒。

9 老东坡：终老于东坡。东坡，作者所垦之地，代指黄州。

10 云何：为何。

11 底事：为什么。

12 洛水：今河南洛河。汝州在洛河南，相距不远，故有此说。

13　“好在”三句：谓离黄后人们定会照管好我亲手栽种的杨柳，言外是说人们一定顾念昔日的友谊。意出《诗经·召南·甘棠》：“蔽芾（fèi废）甘棠，勿剪勿伐，召伯所茇（bá拔）。”即是说不要砍伐那茂盛的棠梨树，因为召伯在树下停留过。好在，唐宋口语，有“好吗”等问候意，此为“依旧”、“无恙”之义。堂，雪堂。柔柯，细枝，指柳条。

14　“仍传”三句：请李仲览带话给江南父老，经常晾晒我打鱼时穿过的蓑衣，言外是说我一定会回来的。传语，带话。江南，指黄州南岸的武昌（今湖北鄂城）。时与，常为我。

【解读】

元丰七年（1084）四月一日作于离黄州时。

东坡别黄时的心情是极不平静的。他自三十二岁离开家乡，转徙各方，十年前就曾浩叹“此生飘荡何时歇，家在西南，常作东南别”（《醉落魄》）。十年来飘荡依旧，如今又一次以戴罪之身开始新一轮飘荡，“归去来兮”的呼告不由得再一次凌空响起，“百年强半”的慨叹亦随之而生。东坡谪黄四年有余，身份虽是戴罪之人，却从知州到百姓都对他十分友好；生活虽然一贫如洗，却得暇自放山水以穷耳目之胜，写出前后《赤壁赋》、《念奴娇·赤壁怀古》等一批杰出作品。这是他精神收获特别丰富的一个时期，因此对黄州的山水和故人充满深厚感情。“坐见”三句，从自己一面说与黄州关系之深；“山中”三句，从黄州一面说当地父老与自己感情之笃。过片以“云何”、“底事”两问句插入，与发端处的问句“吾归何处”相呼应，漂泊迷茫之感在这反复追问中再次上升。随之又接以“待闲”二句，以故作轻松之笔克制感情的澎湃，回至别黄主题。“好在”以下，措词更转委婉，情感更转深挚，尤其以“仍传”三句结束全词，表达异日定会重返共游的愿望，而又不直接说出，颇含不尽余韵。

词作将离别之恋与漂泊之感结合，强烈的伤感与温润的友情结合，随着心绪的自然流动组成全篇。还值得提出的是，词中有云：“好在堂前细柳，应念我、莫剪柔柯。”据周紫芝《送孙求仁官黄冈》：“东坡营雪堂，始种坡前柳。至今有遗迹，过者为回首。”（《太仓稊米集》卷三十三）周为南宋初人，可证东坡雪堂前所种杨柳此时尚存。又不止此也，八十七年之后，乾道六年（1170）八月，陆游入蜀途中来瞻雪堂，真真切切地记下这么一笔：“堂东大柳，传以为公手植。”（《入蜀记》第四）“柔柯”已成“大柳”，真的未剪未伐，东坡泉下有知，应该多么欣慰！

满庭芳

蜗角虚名[1]，蝇头微利，算来著甚干忙[2]。事皆前定，谁弱又谁强。且趁闲身未老[3]，须放我、些子疏狂[4]。百年里，浑教是醉，三万六千场[5]。　思量[6]、能几许，忧愁风雨，一半相妨[7]。又何须抵死[8]，说短论长[9]。幸对清风皓月，苔茵展[10]、云幕高张[11]。江南好，千钟美酒[12]，一曲《满庭芳》。

【注释】

1　蜗角：喻微不足道。典出《庄子·则阳》："有国于蜗之左角者，曰触氏；有国于蜗之右角者，曰蛮氏。时相与争地而战，伏尸数万，逐北，旬有五日而后返。"白居易《对酒》五首之二："蜗牛角上争何事。"

2　著甚干忙：白忙什么。著，犹今言"着急"、"着慌"之"着"。甚，什么。干忙，白忙，空忙。

3　闲身：作者时在贬中，故云。

4　些子：一点儿。

5　"百年"三句：意谓每天醉酒。古人认为人寿不过百年，故云。李白《襄阳歌》："百年三万六千日，一日须倾三百杯。"浑，全。

6　思量：盘算。

7 “忧愁”二句：谓一生时光，心情和天气不好者分占一半。若杜牧《寓题》：“假如三万六千日，半是悲哀半是愁。”则更甚于东坡所言矣。

8 抵死：拼命，竭力。

9 说短论长：意谓争强好胜。

10 苔茵：如褥的草地。茵，垫褥。

11 云幕：如幕之云。以上三句谓幕天席地，享受自然。

12 钟：酒器。

【解读】

约作于黄州时期（元丰三年至七年）。

词作嘲讽追名逐利，否定争强好胜，宣扬人生短促，鼓励饮酒享乐。“事皆前定”体现愤世嫉俗的情绪，“浑教是醉”表达旷放不羁的思想。这是对现实相互倾轧的蔑视，对世俗蝇营狗苟的批判，对自我既往经历的反思和自由个性的张扬。《论语·颜渊》“死生有命，富贵在天”、《老子》“柔弱胜刚强”（第三六章）、“夫唯不争故无尤”（第八章）、陶渊明“中觞纵遥情，忘彼千载忧”（《游斜川》）、李白“百年三万六千日，一日须倾三百杯”（《襄阳歌》）的思想和语言及表达方式，构成了词作的丰富内涵。诗词创作须运用形象思维，不适合太多议论。但恰当的议论不仅直接表现思想，也能痛快淋漓地表达感情。词作率心而发，肆口而成，快似并剪，爽如哀梨，以议论入词起了关键性的作用。

南乡子

集　句[1]

怅望送春杯杜牧[2]，渐老逢春能几回杜甫[3]。花满楚城愁远别许浑[4]，伤怀，何况清丝急管催刘禹锡[5]。　　吟断望乡台李商隐[6]，万里归心独上来许浑[7]。景物登临闲始见杜牧[8]，徘徊，一寸相思一寸灰李商隐[9]。

【注释】

1　集句：集他人多首诗词中的语句而成新作。

2　送春杯：在举杯饮酒中度过春天，故云。句出杜牧《惜春》："春半年已除，其余强为有。即此醉残花，便同尝腊酒。怅望送春杯，殷勤扫花帚。谁为驻东流，年年长在手。"

3　能几回：谓来日无多。句出杜甫《绝句漫兴九首》之四："二月已破三月来，渐老逢春能几回。莫思身外无穷事，且尽生前有限杯。"

4　楚城：此词可能作于黄州，地当古楚国。句出许浑《竹林寺别友人》："骚人吟罢起乡愁，暗觉年华似水流。花满楚城伤远别，蝉鸣萧寺喜同游。前山月落杉松晚，深夜风清枕簟秋。明日分襟又何处，江南江北路悠悠。”

5　清丝急管：清脆的弦乐和急促的管乐。语谓席间乐声仿佛在催迫人的愁怀。句出刘禹锡《洛中送韩七中丞之吴兴口号五首》之三：“今朝无意诉离杯，何况清弦急管催。本欲醉中轻远别，不知翻引酒悲来。”

6　断：有“彻底”、“充分”义。句出李商隐《晋昌晚归马上赠》：“西北朝天路，登临思上才。城闲烟草遍，村暗雨云回。人岂无端别，猿应有意哀。征南予更远，吟断望乡台。”

7　“万里”句：谓勾起归乡之心。句出许浑《冬日登越王台怀归》：“月沉高岫宿云开，万里归心独上来。河畔雪飞扬子宅，海边花盛越王台。泷分桂岭鱼难过，瘴近衡峰雁却回。乡信渐稀人渐老，只应频看一枝梅。”

8　闲始见：谓有闲暇始得见美景，点出此时闲置身份。句出杜牧《八月十二日得替后移居霅溪馆因题长句四韵》：“万家相庆喜秋成，处处楼台歌板声。千岁鹤归犹有恨，一年人住岂无情。夜凉溪馆留僧话，风定苏潭看月生。景物登临闲始见，愿为闲客此闲行。”

9　“一寸”句：极谓相思无望。句出李商隐《无题四首》之二：“飒飒东风细雨来，芙蓉塘外有轻雷。金蟾啮锁烧香入，玉虎牵丝汲井回。贾氏窥帘韩掾少，宓妃留枕魏王才。春心莫共花争发，一寸相思一寸灰。”

【解读】

约作于黄州时期。

集句素有“百家衣”之称，同檃括、嵌字、回文、独木桥体等一样，常具文字游戏性质，有争奇斗巧成分。但优秀的作家，往往在这种形式的天地里腾挪跳跃，显示高超的艺术本领。此词采集五位唐代诗人的八句诗而成，但如果每句词下不标注原句作者，并不能看出它是拼合之作，但见其衔接自然，思路连贯，结构完整，采用逆挽倒叙法，上片先写举杯饮酒，望满城春花，闻急管清丝，叹流年晚景；至下片换头，始点出登台望乡，归乡无望，眼前春景虽美，心境却如死灰。思乡的主题突出而鲜明。作者居黄时有《寒食雨二首》，其二有云：“君门深九重，坟墓在万里。也拟哭途穷，死灰吹不起。”正可取与此词结句乃至全词相互参证。它说明作者不仅博闻强记，对前人诗作烂熟于心，更具有熔裁众家、如自己出的艺术本领。

阮郎归

初　夏

绿槐高柳咽新蝉[1]，薰风初入弦[2]。碧纱窗下水沉烟[3]，棋声惊昼眠[4]。　　微雨过，小荷翻，榴花开欲然[5]。玉盆纤手弄清泉，琼珠碎却圆[6]。

【注释】

1　咽（yè叶）：声音低塞。新蝉：初夏之蝉。蝉至夏始鸣。

2　“薰风”句：谓开始演奏《南风》之曲。用《礼记·乐记》典：“昔者，舜作五弦之琴，以歌《南风》。”《孔子家语·辩乐解》载《南风》之辞：“南风之薰兮，可以解吾民之愠兮。”薰风，即南风。《吕氏春秋·有始览·有始》：“东南曰熏风。”熏，同“薰”。薰，和煦。入弦，用弦乐器演奏。按句意实谓时至初夏。

3　水沉烟：即沉香，用一种入水能沉的香木做成。

4　“棋声”句：作者偏爱棋声与昼眠组成的意境。他曾赞扬唐司空图“棋声花院静，幡影石坛高”之“工”（《书司空图诗》），又说自己独游庐山白鹤观，“观中人皆阖户昼寝，独闻棋声于古松流水之间，意欣然喜之”（《观棋·序》)。

5 然：同“燃”。

6 琼珠：玉珠，喻水珠。却：又。

【解读】

元丰七年（1084）四月上旬作于永兴（今湖北阳新）。

词作以动写静。新蝉“咽”，风“入”弦，昼眠“惊”，雨“过”荷“翻”，榴花欲“燃”，手“弄”清泉，琼珠“碎”复“圆”，几乎句句含动，但通篇弥漫的却是初夏特有的宁静气息。全篇九句，前七句均为景与境的描写，至末二句始独取素手弄泉而水珠纷然的人物动作特景，好似中国画的谋篇布局，繁简取舍之间，匠心独运。

题为“初夏”，实写闺情。闺情之作往往与妍艳、慵懒、相思等相联系，此词却一扫旧径，“写闺情而不着妍辞，不作情语，自有一种闲雅趣”（俞陛云《唐五代两宋词选释》），“清和婉丽中而风格自佳”（清黄蓼园《蓼园词评》）。

渔家傲

金陵赏心亭送王胜之龙图[1]。王守金陵，视事一日，移南都[2]。

千古龙蟠并虎踞[3]，从公一吊兴亡处[4]。渺渺斜风吹细雨，芳草渡，江南父老留公住[5]。

公驾飞车凌彩雾，红鸾骖乘青鸾驭[6]。却讶此洲名白鹭[7]。非吾侣，翩然欲下还飞去。

【注释】

1　金陵：即今江苏南京。赏心亭：据宋《景定建康志》卷二二，在城西下水门城上，下临秦淮，可尽观览之胜。王胜之：名益柔，曾任龙图阁直学士。

2　“王守”三句：谓王胜之任金陵知州一天即转任南都知州。但王胜之在南京停留时间当然不止一天。他于元丰七年八月十四日离南京，与作者同行。而此词作于七月上旬。守，任知州。视事，任职。南都，今河南商丘南。

3　龙蟠虎踞：似龙盘伏，如虎蹲坐，形容地势险要。语出诸葛亮：“钟山龙蟠，石头虎踞，帝王之宅也。”（《诸葛忠武书》卷九）

4　兴亡处：南京为东吴、东晋、南朝宋、齐、梁、陈六朝古都，历经三百年繁华，此所谓“兴”；但六朝更迭既速，隋灭陈时，六朝所遗城阙宫殿又多被平毁，至唐宋时只余断垣颓壁而已，此所谓“亡”。

5　江南父老：指南京百姓。王胜之此前一年曾守金陵，为百姓所推爱，故此次有挽留之举。

6　“公驾”二句：夸饰的手法写王胜之的离去。飞车，乘风飞行之车。鸾，神鸟。骖乘（cān shèng 参圣），陪乘者。驭，驾车。古代乘车之法，驾车者居中，尊者居左，陪乘居右。

7　讶：吃惊。白鹭：白鹭洲。原在南京西南江中，赏心亭东面，今已与陆地相连。李白《登金陵凤凰台》：“三山半落青天外，二水中分白鹭洲。”代指南京。

【解读】

元丰七年（1084）七月作于南京。

王胜之长作者二十三岁，为人耿直尚气，喜论天下事。词中言必称“公”，可见其很得作者的尊重。作者此时由黄州辗转至金陵，正遇王胜之甫知金陵便另移他处，遗憾之情自不能免。词作题材虽属普通的登临送别，表达方式却颇独特。上片先用数句点明地点与环境，再写金陵父老对他的挽留，引出下片对其离任的描写，抓住其刚到任即离职的特殊情况，发挥想象，说其离去时乘飞车，凌彩雾，以青鸾驾驶，有红鸾陪乘。这尚不足奇，更奇特的是，在此想象的基础上再度想象，说他为什么惊鸿一瞥，就要离开金陵呢？不是他愿意离去，而是为他驾车的青鸾和护航的红鸾看到了金陵的白鹭洲，神奇的鸾鸟不愿与白鹭为侣，所以掀动翅膀，载他翩然而去。词作采用这种方式，既是为王胜之的匆匆离去开脱，也是在恭维他的度越恒流，同时未尝不是在与这位年长的朋友开玩笑，反映了游戏为词的一面。词作充满奇幻的想象和浪漫色彩，读来不觉令人神往。

西江月

平山堂[1]

三过平山堂下[2]，半生弹指声中[3]。十年不见老仙翁[4]，壁上龙蛇飞动[5]。　欲吊文章太守[6]，仍歌杨柳春风[7]。休言万事转头空，未转头时皆梦[8]。

【注释】

1　平山堂：见前选《水调歌头》（落日绣帘卷）注4。

2　“三过”句：作者熙宁四年（1071）由京城赴杭州通判任、七年（1074）由杭州赴知密州任、本次（元丰七年，1084）自黄州移汝州，三经扬州。

3　“半生”句：谓半生很快过去。作者此年四十八岁。弹指，佛家称时间极短为刹那，一弹指为六十五刹那。

4　“十年”句：作者于熙宁四年九月赴杭途中专程去颍州（今安徽阜阳）谒见欧阳修，至作此词已十三年，言十年者，举其成数耳。仙翁，尊称欧阳修。

5　龙蛇：形容草书。李白《草书歌行》：“恍恍如闻神鬼惊，时时只见龙蛇走。”此指欧阳修墨迹。

6　文章太守：用欧阳修《朝中措·送刘仲原甫出守维扬》句："文章太守，挥毫万字，一饮千钟。"欧词中的"文章太守"似自指又似指友人刘敞（原甫），此词借欧语转指欧阳修，因其曾知滁州、扬州等地，又是文学大家。二句说本打算凭吊欧阳修，却又唱起了他咏平山堂的词。

7　杨柳春风：仍指上举欧词，因其中有"手种堂前垂柳，别来几度春风"句。此句谓吟诵欧公咏平山堂的这首词。

8　"休言"二句：白居易《自咏》："百年随手过，万事转头空。"此反用之，追进一层，表达人事沧桑的感受更强烈。

【解读】

元丰七年（1084）十月作于扬州（依孔凡礼《苏轼年谱》卷二十三）。

对东坡来说，影响其一生至巨的人，父母之外即要数到欧阳修。嘉祐二年（1057），东坡以二十一岁之年赴汴京礼部进士考试，知贡举欧阳修读其文章，大为叹赏，本欲拔为第一，因疑门人曾巩所作，为避嫌而改列第二（见苏辙《亡兄子瞻端明墓志铭》），并在与梅尧臣的信中说："读轼书，不觉汗出，快哉快哉！老夫当避路，放他出一头地也。可喜可喜！"（《与梅圣俞》）东坡得以成就盛名，与欧氏当年不遗余力的提拔密不可分。加以欧氏道德文章均极高尚，东坡终生服膺，执弟子礼甚恭。欧阳修卒于熙宁五年（1072），至此已有十三年之久，词中伤感的情绪仍然十分浓重。欧公书法并不出色，词中却以“龙蛇飞动”誉之，正反映了作者对欧公的感情。

据当时同登平山堂的张嘉甫说，东坡作词时四周站满围观的士女，“看其落笔置笔，目送万里，殆欲仙去耳”（宋释惠洪《石门题跋》卷二引）。我们今天读这首词，两位“文章太守”的文采风流恍如目前，而“弹指”间一千多年已经过去了，不能不让人心中默诵：“休言万事转头空，未转头时皆梦”！

如梦令

元丰七年十二月十八日[1]，浴泗州雍熙塔下[2]，戏作《如梦令》阕[3]。此曲本唐庄宗制[4]，名《忆仙姿》，嫌其名不雅，故改为《如梦令》。盖庄宗作此词，卒章云：“如梦，如梦，和泪出门相送。”[5]因取以为名云[6]。

水垢何曾相受，细看两俱无有。寄语揩背人，尽日劳君挥肘。轻手，轻手，居士本来无垢[7]。

【注释】

1 元丰七年：1084 年。

2 泗州：今江苏盱眙。

3 阕（què 却）：本义为乐终，亦称一首乐曲。词合乐，一首词也称一阕。

4 唐庄宗：五代后唐庄宗李存勖，公元 923 年即位，国号大唐，史称后唐。

5 “盖庄”五句：宋初人所编《尊前集》所载庄宗全词为：“曾宴桃源深洞，一曲清歌舞凤。长记欲别时，和泪出门相送。如梦，如梦，残月落花烟重。”与东坡所引三句顺序有异。

6　云：句末语气词。

7　“水垢”七句：词意出前秦鸠摩罗什译《维摩诘所说经》卷中《文殊师利问疾品》载维摩诘所说诘：“八解之浴池，定水湛然满。布以七净花，浴此无垢人。”相受，相容纳。居士，作者自称。

【解读】

元丰七年（1084）十二月作于盱眙。同时所作两首，此选其第一首。

唐宋时浴室多设在禅寺内。作者此时自黄州迁汝州，途经泗州，浴于雍熙塔下，所以用入与澡浴有关的佛典禅语。词序虽云“戏作”，字外却有深意存焉，其中关键的是“无垢”二字。“无垢”是佛家常用术语，比喻一切本来清净。这一术语在禅家语录中运用很广，如《五灯会元》卷四《龟山智真禅师》：“心本绝尘何用洗，身中无病岂求医。”又卷一六《慧林若冲禅师》：“闲来石上观流水，欲洗禅衣未有尘。”都是其例。作者颇爱使用这一术语，如《宿海会寺》诗：“杉槽漆斛江河倾，本来无尘洗更轻。”《戏赠虔州慈云寺鉴老》：“居士无尘堪洗沐，道人有句借宣扬。”无不是在比喻自己秉性自洁，所蒙罪责不过他人强加于身，表达的思想情绪与“云散月明谁点缀，天容海色本澄清”（《六月二十日夜渡海》）是并无二致的。如果了解作此词时，作者刚刚结束五年的贬黄生活，但仍奔波于新的谪途，我们就不难体会其中蕴含的感情了。

通常认为，诗词宜参禅味、用禅理，不宜作禅语。其实不能一概而论。王安石《望江南·归依三宝赞》词云："归依法，法法不思议。愿我六根常寂静，心如宝月映琉璃，了法更无疑。"以词说法，了无余蕴。而此词则不然。虽然意出禅偈，形象不优美，亦无甚诗意，却自有其思想价值与意义，这两首词史上较早出现的禅语词，是不能等而视之的。

行香子

与泗守过南山晚归作[1]

北望平川[2]，野水荒湾，共寻春，飞步孱颜[3]。和风弄袖，香雾萦鬟[4]。正酒酣时，人语笑，白云间。　　飞鸿落照[5]，相将归去[6]，澹娟娟[7]、玉宇清闲[8]。何人无事，宴坐空山[9]。望长桥上[10]，灯火乱，使君还[11]。

【注释】

1　泗守：泗州知州刘士彦。

2　川：平地。

3　孱（chán 缠）颜：高峻的山岭。作者《峡山寺》："我行无迟速，摄衣步孱颜。"

4　鬟：环形发髻。此句写指同游的歌妓。

5　落照：夕阳。

6　相将：相共，相与。

7　澹（dàn 但）：恬静。娟娟：明美貌。

8　玉宇：形容天空。

9　宴坐：闲坐。宴，闲适。

10　长桥：泗州通往南山的一座桥。

11　使君：指刘士彦。

【解读】

元丰七年（1084）十二月作于盱眙。

词写与泗守同游南山，上片写游山，下片写归来。“北望”二句是登高所见，“共寻”二句见兴致之浓，“人语”二句知所登之高。“飞鸿”四句，清黄苏《蓼园词评》称其“情景交融，自具隽旨”。“何人”以下五句，借山上游客之眼写自己随泗守归游，“风致嫣然，便是画意”（清先著《词洁》卷三），而且手法别致，“于旁观着笔，笔笔有余妍，亦是跳脱生新之法”（《蓼园词评》）。

宋王明清《挥麈后录》卷七记载，刘士彦知东坡作此词后颇为恐慌，说：“知有新词，学士名满天下，京师便传。在法，泗州夜过长桥者，徒（判刑）二年，况知州耶？切告收起，勿以示人。”东坡回答：“轼一生罪过，开口常是不在徒二年以下。”不知这位可怜的泗守有没有受到这首词的牵累？

浣溪沙

元丰七年十二月二十四日，从泗州刘倩叔游南山[1]。

细雨斜风作小寒[2]，淡烟疏柳媚晴滩[3]。入淮清洛渐漫漫[4]。　雪沫乳花浮午盏[5]，蓼茸蒿笋试春盘[6]。人间有味是清欢。

【注释】

1　刘倩叔：名士彦，泗州人，生平不详。南山：在泗州东南，景色清旷，宋米芾称为淮北第一山。

2　细雨斜风：唐韦庄《题貂黄岭官军》："斜风细雨江亭上，尽日凭栏忆楚乡。"

3　媚：美好。此处是使动用法。滩：十里滩，在南山附近。

4　洛：洛河，源出安徽定远西北，北至怀远入淮河。漫漫：水势浩大。

5　"雪沫"句：谓午间喝茶。雪沫、乳花，均指以沸水冲茶泛起的沤沫。宋人以将茶泡制成白色为贵，所谓"茶与墨正相反，茶欲白，墨欲黑"（宋赵德麟《侯鲭录》卷四记司马光语）。唐曹邺《故人寄茶》："碧波霞脚碎，香泛乳花轻。"东坡《西江月》："汤发云腴酽白，盏浮乳花轻圆。”

6　“蓼茸”句：谓准备春食。蓼（liǎo 了）茸，蓼的嫩芽。蓼，调味品，草本植物，味苦而香。蒿笋，嫩芦蒿。春盘，古人多于立春日（阳历二月初）用果品、生蔬等装盘而食，或互相馈赠，取迎新之意。杜甫《立春》：“春日春盘细生菜。”东坡《次韵曾仲锡元日见寄》：“喜见春盘得蓼芽。”尚未立春，故曰“试”。

【解读】

元丰七年（1083）十二月二十四日作于盱眙。

缪钺先生《论词》（载《诗词散论》）认为，诗词皆贵以具象表情思，词中所用意象更多轻灵细巧一类，如“微雨”、“疏星”之天象，“烟渚”、“曲岸”之地理，“凉蝉”、“新雁”之鸟兽……在诗中不免纤巧，在词中正本色当行。我们看这首词，雨细，风斜，寒小，烟淡，柳疏，欢清，正体现婉约词文小、质轻、境隐的特点，可知被作为豪放代表的东坡词原有多样的面目。不过此词较之于其他婉约词还是有区别的，它写野外的景色，野外的午餐，野外的心情，在婉约的基调中更掺进了几分晴朗、明媚的色彩。所以能够如此，是因为时节虽属寒冬，作者心里已充盈着灿烂的春天。

名列苏门四学士的秦观有一首同调之作：“漠漠轻寒上小楼，晓阴无赖似穷秋。淡烟流水画屏幽。　自在飞花轻似梦，无边丝雨细如愁。宝帘闲挂小银钩。”一个是冬似春，一个是春似秋。这就是东坡与典型的婉约词人的区别。

满庭芳

余年十七，始与刘仲达往来于眉山[1]，今年四十九，相逢于泗上[2]。淮水浅冻，久留郡中[3]，晦日同游南山[4]，话旧感叹，因作此词。

三十三年，漂流江海，万里烟浪云帆[5]。故人惊怪，憔悴老青衫[6]。我自疏狂异趣，君何事、奔走尘凡[7]。流年尽[8]，穷途坐守，船尾冻相衔[9]。　巉巉[10]。淮浦外[11]，层楼翠壁，古寺空岩。步携手林间，笑挽纤纤[12]。莫上孤峰尽处，萦望眼、云海相搀[13]。家何在，因君问我，归梦绕松杉[14]。

【注释】

1　刘仲达：作者同乡，事迹不详。

2　泗上：泗水之旁，指泗州。

3　郡：即州。古时州郡往往互称。

4　晦日：农历每月的末一天。此指元丰七年十二月末日。

5　“三十”三句：写自己宦海沉浮。三十三年，指与刘仲达分别的时间。

6　“故人”二句：写老友惊讶自己。故人，刘仲达。

青衫，唐代八品和九品官服，常指官位低下。作者时任团练副使，为十等散官之第四等，从八品（副八品）。作于此时的《乞常州居住表》云：“自离黄州，风涛惊恐，举家重病，一子丧亡。今虽已至泗州，而资用罄竭，去汝尚远，难于陆行。无屋可居，无田可食，二十余口，不知所归，饥寒之忧，近在朝夕。”此即当时作者的憔悴之状。

7　“我自”三句：兼写彼我。自，固然。疏狂，豪放不羁。异趣，志趣与众不同。何事，为什么。尘凡，人间。句意谓自己潦倒窘困是因为羌自固守，不随众流，为什么你也同样如此呢？

8　流年尽：词作于年末，故云。

9　“穷途”二句：写词序所谓“淮水浅冻，久留郡中”。穷途，喻处境艰难。坐，固守。相衔，指船头与船尾相接，说明船只之多。

10　巉（chán 缠）巉：高峭险峻貌，形容下文南山的楼壁寺岩。

11　浦：水滨。

12　“步携”二句：写二人与歌妓同游。纤纤，指女子柔美的手。《诗经·魏风·葛屦》：“掺掺女手，可以缝裳。”掺掺，同“纤纤”。东汉《古诗十九首》之二：“娥娥红粉妆，纤纤出素手。”

13　搀：混杂。

14　“归梦”句：意谓梦归故乡。松杉，指故乡之树。

【解读】

元丰七年（1084）十二月末作于盱眙。

词作逢故人而作，故紧扣双方落笔。上片首三句以“漂流江海”和“烟浪云帆”八字总结自己与故人分别数十年间的宦海浮沉，寄慨良深。“故人”二句以故人之“惊怪”眼写自己憔悴之甚。“我自”三句以故作不解的问句写故人与自己品格相契，都因“疏狂异趣”而“强自取折”。“流年”补出与故人相见的时地与环境，与上面的议论和感慨情景相合，烘托穷途末路的羁旅之思。下片前半照应词序，转写与故人携手林间的南山之游，下半借眼前景色抒万里归思。

作者十年前即有“此生飘荡何时歇，家在西南，常作东南别”（《醉落魄》）的深情慨叹，四月间离黄时又发出“归去来兮，吾归何处，万里家在岷峨”的沉痛呼喊。此刻以戴罪之身前往汝州，时至岁尾，却因天寒船冻，困守泗州，与青年时代家乡的故友相逢，其复杂难言的心情是不问可知的。“莫上”二句语婉曲而意层深：与故人携手登高，是为了眺望彼此共同的故乡。但放眼望去，萦绕眼中的只是云海苍茫，那么，还是莫上孤峰尽处为好吧！煞尾三句情愈转深。说自己因对方的询问而梦回故乡，其实作者的乡思何尝需要提醒，“万里家山”何时不在“一梦中”（《秀州报本禅院乡僧文长老方丈》）！这样写既扣紧对方，也使措辞更显回环，行文平添曲折，余波杳渺，荡漾生姿。有人说结语妙者如美人临去秋波一转，令人魂魄欲绝，于此可以见之。

词作表现潦倒寂寥的心绪和思归不得的乡愁，但言语之间仍然透露出“疏狂异趣”的不屈个性和旷达胸襟，殊可贵也。

满庭芳

余谪居黄州五年[1]，将赴临汝[2]，作《满庭芳》一篇别黄人[3]。既至南都[4]，蒙恩放归阳羡[5]。复作一篇。

归去来兮，清溪无底，上有千仞嵯峨[6]。画楼东畔，天远夕阳多[7]。老去君恩未报，空回首、弹铗悲歌[8]。船头转[9]，长风万里，归马驻平坡[10]。　无何[11]。何处有，银潢尽处[12]，天女停梭[13]。问何事人间[14]，久戏风波[15]？顾谓同来稚子[16]，应烂汝、腰下长柯[17]。青衫破，群仙笑我，千缕挂烟蓑[18]。

【注释】

1　谪（zhé 哲）：官员因罪降级外调。作者元丰三年（1080）二月至七年（1084）四月谪黄，前后五个年头。

2　临汝：又称汝州，今属河南。作者元丰七年正月被授检校尚书水部员外郎、汝州团练副使，四月离黄赴汝。

3　《满庭芳》：已见前选，起三句为："归去来兮，吾归何处，万里家在岷峨。"

4　南都：今河南商丘。作者元丰八年（1085）二月至南都。

5 “蒙恩”句：东坡元丰七年十月及十二月两次向神宗皇帝上《乞常州居住表》，希望去常州（今属江苏）居住，终获准允。阳羡，即今江苏宜兴，当时属常州所辖。作者在此买有田地，所以说“放归”。

6 仞（rèn 认）：古长度单位，七尺或八尺。嵯（cuó 搓，读阳平）峨：山势高峻貌。

7 “天远”句：写景之外，暗喻晚年多蒙皇帝恩典。

8 “弹铗（jiá 荚）”句：《战国策·齐策》载，冯谖为孟尝君门客，认为自己的待遇不好，“倚柱弹其剑，歌曰：‘长铗归来乎，食无鱼！’”“居有顷，复弹其铗，歌曰：‘长铗归来乎，出无车。’”“后有顷，复弹其剑铗，歌曰：‘长铗归来乎，无以为家。’”孟尝君一一满足了他的要求。铗，剑。句用此典喻已乞归常州。

9 船头转：本从南都前行往临汝，既获准居常州，故调转船头。

10 “归马”句：谓船顺风疾行犹如骏马奔驰。驻，当为“注”，倾泻、灌注之意，形容马奔之快。作者《百步洪》诗：“骏马下注千丈坡。”可证。

11 无何：“无何有之乡”的简称，指空无所有的虚幻境界。语出《庄子·逍遥游》：“何不树之于无何有之乡。”

12 银潢（huáng 黄）：银为银河，潢为天潢星，指星空。

13 天女停梭：梁萧纲《七夕》："天梭织来久，方逢今夜停。"天女，织女星。

14 何事人间：为何呆在人间。

15 戏：角力，较量。风波：喻政治斗争。

16 稚子：想象中的随从，非实指。一说指幼子苏过，其时十四岁。

17 "应烂"二句：梁任昉《述异记》卷上载，晋王质伐木石室山，有童子数人下棋而歌，以一物如枣核者与质，质食后便不复饥。有顷，童子问其为何不去，"质起视，斧柯烂尽。既归，无复时人（同时代的人都不在了）"。所谓山中一日世上千年是也。柯，斧柄。

18 烟蓑：喻天宫烟云缠绕，仿佛蓑衣披身。

【解读】

元丰八年（1085）二月作于商丘。

作者离黄赴汝途中两次上表请求于常州宜兴居住，蒙宋神宗开恩，乞表"朝入，夕报可"（据苏辙《亡兄子瞻端明墓志铭》），作者在商丘得知消息后转头南下，喜作此词。然而细审词意，作者欣慰的心情中不仅残存着宦海沉浮的倦怠，也分明流露出夙志难酬的惆怅。放情阳羡山水固然是东坡平素的向往——早在二十来岁时他就心生卜居阳羡之念，本年五月至阳羡后还再次吟道："买田阳羡吾将老，从来只为溪山好。来往一虚舟，聊从造物游！"（《菩萨蛮》）但以东坡这样倜傥不群的人物竟至于求田问舍、访水寻山，不正说明严酷现实对他壮志的消磨？更令人慨叹的是，他归园田居的愿望并不能轻松实现，到宜兴不过一个月，就被起任为登州（今山东蓬莱）知州，又过一月，便匆匆离开了本欲“将老”的阳羡。

词中对神宗皇帝的感激和乘风归隐的愿望、放情山水的憧憬相交织，语言骏发、风格明快，尤其下片想象归阳羡后情景，以天宫喻阳羡，以“到乡翻似烂柯人”（刘禹锡《酬乐天扬州初逢席上见赠》句）喻久浮宦海，以天女之责问和群仙之嘲笑表达对既往生涯的否定，充满天风化雨般的幻想色彩和浪漫情调，在其他词作中是不多见的。

渔　父

渔父饮[1]，谁家去？鱼蟹一时分付[2]。酒无多少醉为期[3]，彼此不论钱数[4]。

【注释】

1　渔父（fǔ 府）：打鱼的老翁。

2　一时：一并。分付：交付。句谓将鱼蟹交酒家以换酒。

3　“酒无”句：不说换多少酒，而以喝醉为限。期，限度。陶渊明《五柳先生传》称自己：“性嗜酒，家贫不能常得。亲旧知其如此，或置酒而招之，造饮辄尽，期在必醉，既醉而退，曾不吝情去留。”句意似从此化出。

4　“彼此”句：谓渔父和酒家均不计较酒和鱼蟹的价钱。

【解读】

这组词共四首，约元丰八年（1085）二、三月作于商丘。

此首写渔父捕得鱼蟹后去酒家换酒喝。“酒无多少醉为期，彼此不论钱数”二句，写出了渔父的豪爽和酒家的质朴。

渔　父

渔父醉，蓑衣舞。醉里却寻归路[1]。轻舟短棹任横斜[2]，醒后不知何处。

【注释】

1　却：倒退，往回走。

2　棹（zhào 照）：船桨。

【解读】

此首写渔父饮醉之后划船回家。前三句写上船前，后三句写上船后。“蓑衣舞”显示渔父的醉态，“轻舟短棹任横斜，醒后不知何处”二句，渔父遗世独立、逍遥自在的形象宛在目前。

渔　父

渔父醒，春江午。梦断落花飞絮。酒醒还醉醉还醒[1]，一笑人间今古。

【注释】

1　“酒醒”句：写渔父的醉态。语出白居易《醉吟先生传》：“又引数杯，兀然而醉，既而醉复醒，醒复吟。吟复饮，饮复醉。醉吟相仍，若循环然。”

【解读】

此首写渔父半醉半醒。“春江午”说明渔父醉酒之久，“落花飞絮”写出环境之美。“酒醒还醉醉还醒，一笑人间今古”二句，是渔父沉溺于壶中天地，将世事纷攘付之一笑的萧散风神的传神写照。

渔 父

渔父笑，轻鸥举[1]。漠漠一江风雨[2]。江边骑马是官人，借我孤舟南渡。

【注释】

1 举：飞翔。

2 漠漠：弥漫貌。

【解读】

此首写渔父酒醒之后。“轻鸥”的远翥高翔是渔父超脱凡尘的象征，“江边骑马是官人，借我孤舟南渡”二句，骑马官人不得不向孤舟上的渔父借渡，所寓含的抑扬取舍亦很明显。这是本篇的煞尾，也可视作这组词的煞尾。

古代文人内心深处普遍存在仕与隐的矛盾，他们处理这对矛盾的基本立场，就是孔子所说的“天下有道则见，无道则隐”（《论语 · 泰伯》），和孟子所说的“穷则独善其身，达则兼善天下”（《孟子 · 尽心上》）。《楚辞 · 渔父》和《庄子 · 渔父》中的渔父作为独善其身的隐士形象，正是在这一点上对他们产生影响。唐代张志和《渔父》其一：“西塞山前白鹭飞，桃花流水鳜鱼肥。青箬笠，绿蓑衣，斜风细雨不须归。”是历代“渔父”诗词中最享盛名的作品，苏东坡曾加改编，以《浣溪沙》调歌之：“西塞山边白鹭飞，散花洲外片帆微。桃花流水鳜鱼肥。

自庇一身青箬笠，相随到处绿蓑衣，斜风细雨不须归。”还作过一曲《调笑令》：“渔父，渔父。江上微风细雨。青蓑黄箬裳衣。红酒白鱼暮归。归暮，归暮。长笛一声何处？”显然，是渔父代表的隐逸之乐吸引了苏东坡这位时时想退隐而最终无法退隐的诗人的心，所以不惜于作品中一再加以表现。对于这组词作，也应作如是观。

水龙吟

赠赵晦之吹笛侍儿[1]

楚山修竹如云[2]，异材秀出千林表[3]。龙须半剪[4]，凤膺微涨[5]，玉肌匀绕[6]。木落淮南，雨晴云梦，月明风袅[7]。自中郎不见，桓伊去后，知孤负、秋多少[8]。　闻道岭南太守[9]，后堂深，绿珠娇小[10]。绮窗学弄，《梁州》初遍，《霓裳》未了[11]。嚼徵含宫，泛商流羽[12]，一声云杪[13]。为使君洗尽、蛮风瘴雨[14]，作《霜天晓》[15]。

【注释】

1　赵晦之：名昶，东坡知密州时的属官。

2　楚山：此词作于涟水军（今江苏涟水），古属楚地，故云。

3　异材：竹材优异。林表：林端。

4　龙须：古人取优质竹子制笛，打通各节，仅留首节，并保存其表面的细枝条，修剪捆束，称“龙须”。

5　“凤膺”句：良笛首节以下略粗似凤胸，故云。

6　“玉肌”句：良笛除首节外，各节均光滑洁净，故云。

7　“木落”三句：古人认为天清气爽、风微月明时吹笛，声音才美妙。此三句形容适宜吹笛的这种天象，非实写。淮南，今安徽、江苏境内长江以北、淮河以南地区，涟水不在其内。云梦，泽名，今两湖交界及武汉一带。相传云梦竹适宜制笛。三国魏曹植《与吴质书》：“伐云梦之竹以为笛。”袅（niǎo 鸟），微弱。

8　“自中”四句：自蔡邕、桓伊这些善吹笛者过去后，楚山间的好竹子被埋没了多少年！中郎，东汉蔡邕，曾为中郎将，善制笛，《后汉书》本传注引《文士传》载其语：“吾昔尝经会稽高迁亭，见屋椽竹东间第十六可以为笛。”桓伊，东晋人，善吹笛，《晋书》本传载其“善音乐，尽一时之妙，为江左第一。有蔡邕柯亭笛，常自吹之”。孤负，通“辜负”。秋，代指时间。

9　岭南太守：赵晦之刚卸藤州（今广西藤县，在岭南）知州任归来，故称。

10　绿珠：西晋人石崇歌妓，《晋书·石崇传》称其“美而艳，善吹笛”。此喻赵晦之吹笛侍儿。

11　“绮窗”三句：指赵晦之侍儿窗下吹笛。绮窗，雕饰美丽的窗户。弄，吹奏。《梁州》，又作《凉州》。《霓裳》，即《霓裳羽衣曲》。二者均为传自唐代的乐曲。初遍，第一乐段。

12　“嚼徵（zhǐ 纸）”二句：指乐声变化丰富。古乐有宫、商、角、徵、羽五声音阶。嚼、含、泛、流，均指吹奏的动作和技法。

13　杪（miǎo 秒）：本义为树梢，引申指末端。句意谓笛声直达云端。

14　使君：指赵晦之。蛮风瘴雨：指南方湿热蒸发易致疾病的气候环境。蛮，对南方少数民族的贬称。瘴，湿热之气。赵晦之刚自南方归来，故云。

15　《霜天晓》：即《霜天晓角》，笛曲。

【解读】

元丰八年（1085）十月作于涟水。

词作赠赵晦之吹笛侍儿，故全篇皆围绕“笛”做文章，实无异于咏笛词。南宋人张端仪《贵耳集》卷下就此详加分析，“楚山”二句是“笛之质”，“龙须”三句是“笛之状”，“木落”三句是“笛之时”，“自中”三句是“笛之事”，“闻道”二句是“笛之人”，“绮窗”三句是“笛之曲”，“嚼徵”三句是“笛之音”，“为使”三句是“笛之功”。句句不离笛事，始终不出“笛”字。描况形容，曲尽其妙；用典使事，含蓄雅洁。风格婉丽清刚，行文吞吐往复，南宋大词人和词论家张炎许以“清丽舒徐，高出人表”（《词源》卷下）八字，实开北宋末及南宋人咏物词的先声。

定风波

王定国歌儿曰柔奴[1]，姓宇文氏，眉目娟丽，善应对，家世住京师[2]。定国南迁归[3]，余问柔："广南风土[4]，应是不好？"柔对曰："此心安处，便是吾乡。"因为缀词云[5]。

常羡人间琢玉郎[6]，天应乞与点酥娘[7]。尽道清歌传皓齿[8]，风起，雪飞炎海变清凉[9]。

万里归来颜愈少[10]，微笑，笑时犹带岭梅香[11]。试问"岭南应不好"[12]，却道："此心安处是吾乡。"

【注释】

1　王定国：名巩。

2　京师：指汴京，今河南开封。

3　"定国"句：作者元丰二年（1079）因乌台诗案下狱，次年二月贬黄州，王定国亦受牵连，同年八、九月谪宾州（今广西宾阳），至元丰七年（1084）始得归来，前后达五年之久。

4　广南：指宾州，属广南西路。

5　缀词：连缀词语，指作此词。

6　琢玉郎：形容王定国英俊，如玉琢成。

7　“天应”句：谓美貌的柔奴乃上天所赐。乞（qì气）与，赐与。点酥娘，形容柔奴肤润如酥。娘，对年轻女子的称呼。

8　“尽道”句：人人都说柔奴歌喉美妙。李白《白纻辞》：“扬清歌，发皓齿。”李贺《将进酒》：“皓齿歌，细腰舞。”

9　“风起”二句：形容柔奴歌声感染力之强。

10　“万里”句：谓柔奴随王定国从遥远的宾州归来更显年轻。作者《与王定国书》其三十二引司马光语：“王定国瘴烟窟里五年，面如红玉。”宋李焘《续资治通鉴长编》卷四五九“元祐六年六月”条下记刘挚称王巩：“昔坐事窜南荒三年，安患难，一不戚于怀，归来颜色和豫，气益刚实。”由此可推知这句说柔奴也当是实写，不同于“今年二十，明年十八”之类的广告词。

11　岭：指大庾岭，五岭之一，在今江西大余、广东南雄交界处，岭上梅花最有名。

12　岭南：泛指五岭（今桂、粤、湘、赣交界处）以南地区，即今两广一带。王定国贬所宾州属岭南。

【解读】

元祐元年（1086）二月作于开封。

因受东坡牵连，王定国被贬到蛮风瘴雨的广西宾阳，孩子卒于此，自己也病几至死。但五年后北迁，他和侍女柔奴都是肤愈泽而貌加丰，原因何在？柔奴的一句话给了东坡答案，也给了世人答案："此心安处，便是吾乡。"这其实不是柔奴的发明，唐人白居易就多次表达过类似的意思，如"身心安处是吾土，岂限长安与洛阳"(《吾土》)、"我生本无乡，心安是归处"(《初出城留别》)、"无论海角与天涯，大抵心安即是家"(《种桃杏》)等等，引白居易为同道的东坡当然不会不知道。是这句话体现的善处穷通、随缘而适的思想，太与东坡潇洒超旷的心性气质相契合了，所以他只顾大加叹赏，而不顾追究它的出处了。

以"此心安处是吾乡"的精神面对人生，苏东坡正是这样一个人。他对一切看得通，将一切看得淡。与朋友外出遇雨，同行皆狼狈，独他翛然不觉，慢步徐歌"一蓑烟雨任平生"(《定风波》)；爬山欲至山顶休息，足力既乏，亭宇尚在树颠，心中一转念，何处不能歇息？"由是心若挂钩之鱼，忽得解脱"(《记游松风亭》)。初贬黄州，旁人为其担忧，他却"安土忘怀，一如本是黄州人，元(原)不出仕而已"(《与赵晦之》)；再贬惠州，"譬如元是惠州秀才，累举不第，有何不可"(《与程正辅》第十三)；三贬海南，仍一转念，"我本海南民，寄生西蜀州。忽然跨海去，譬如事远游"(《别海南黎民表》)。他甚至说过与柔奴极为相似一句话："此心安处是菟裘(退休隐居之地)。"(《浣溪沙》)他作此词固然是赞扬柔奴的思想，又何尝不是在宣扬自己的人生哲学！

如梦令

寄黄州杨使君二首[1]

为向东坡传语[2]，人在玉堂深处[3]。别后有谁来？雪压小桥无数。归去，归去，江上一犁春雨[4]。

【注释】

1 杨使君：杨君素，元丰六年继徐君猷之后为黄州知州。

2 为：为我。东坡：指黄州城东南作者所垦数十亩地。传语：带话。

3 玉堂：学士院的别称，下设翰林学士，负责起草制诰。作者元祐元年（1086）九月至四年三月任此职。玉堂在宫中，故曰“深处”。

4 一犁春雨：形容雨量不大，适于犁地春耕。

【解读】

元祐元年（1086）冬作于开封。

作者对于谪居四年多的黄州极为留恋，尚未离开便有表示定将重返的“仍传语、江南父老，时与晒渔蓑”（《满庭芳》）之语，归朝后又致信黄州友人，称自己“暂出苟禄，终不久客尘间”，“东坡不可令荒苐，终当作主，与诸君游，如昔日也”，并对其“葺治”东坡深表“感戴”（《与潘彦明》），可见其悬念之心至为深切。

此词将自己至为悬念的旧居拟人化，要黄州的知州向它报告自己的行踪，并想象着它别后的情形，用呼告的形式表达重归的愿望，体现出对过去的时光无法割舍的感情。“江上一犁”四字，语颇工巧，宋俞成《萤雪丛说》卷上“诗随景物下语”条：“骚人于渔父则曰‘一蓑烟雨’，于农夫则曰‘一犁春雨’，于舟子则曰‘一篙春水’，皆曲尽形容之妙也。”

如梦令

手种堂前桃李[1]，无限绿阴青子[2]。帘外百舌儿[3]，惊起五更春睡[4]。居士[5]，居士，莫忘小桥流水。

【注释】

1　堂：雪堂，作者在黄居所。

2　青子：果实未成熟。

3　百舌儿：鸟名，立春后始鸣，因鸣声反复如百鸟齐鸣而得名。唐郑愔《百舌》：“百舌鸣高树，弄音无常则。”

4　五更：天将明时。

5　居士：作者自称。

【解读】

前首想象旧居别后情形，此首回忆当年旧居生活。似一幅淡雅的素描，简洁而富表现力。虽然有美化的成分，却正反映作者善处逆境的胸襟，当然，更反映作者对旧居、对黄州的一往深情。可惜的是，作者自离黄后再也没能回去。他去黄州是身不由己，他不能重返黄州，也是身不由己。这正如他自己甫至黄州时的诗句：“我生天地间，一蚁寄大磨。区区欲右行，不救风轮左。”（《迁居临皋亭》)古人说人生不如意事常十之八九，信然!

不过可以告诉读者的是，东坡虽然人不得返黄州，他所作的这首词却是回到了黄州的。距此词之作近九十年后的乾道六年（1170）八月，陆游入蜀，途经黄州，亲见“（雪堂）正南有桥，榜曰‘小桥’，以‘莫忘小桥流水’之句得名。”(《入蜀记》第四）东坡老人泉下有知，一定倍感慰藉，是可必也!

好事近

西湖夜归

湖上雨晴时，秋水半篙初没[1]。朱槛俯窥寒鉴[2]，照衰颜华发。　　醉中吹堕白纶巾[3]，溪风漾流月。独棹小舟归去[4]，任烟波摇兀[5]。

【注释】

1　篙（gāo 高）：船竿。

2　鉴：镜子，喻湖水。

3　白纶巾：青白丝绲织的头巾。

4　棹：划。

5　兀：摇晃。唐皮日休《孤园寺》：“艇子小且兀，缘湖荡白芷。”

【解读】

元祐五年（1090）九月作于杭州。

东坡一生两度任职杭州，对杭州的风景特别是西湖情有独钟。“水光潋滟晴方好，山色空濛雨亦奇。欲把西湖比西子，淡妆浓抹总相宜。”（《饮湖上初晴后雨》）这让湖光增色的诗句，就是熙宁六年（1073）任杭州通判时的作品。十多年后再守杭州，东坡更加沉湎于西湖的山水，甚至达到“无日不在西湖”（胡仔《苕溪渔隐丛话》前集卷五七引惠洪语）的程度，这首词正可窥见当时的情形。

词作以“西湖夜归”为题，不仅描写了西湖夜色的宁静幽美，也写出自己夜归时的恬淡自适。就其命辞造语而论，以“半篙初没”状雨后稍涨之秋水，以“漾”字状溪风流月，以“摇兀”状烟波中的小舟，笔触细腻，颇能传神。而若看其全篇，则词情与词境融而一体，充满潇洒出尘之致。俞陛云评曰：“西湖夜归，清幽之境也，不可无此雅词。”（《唐五代两宋词选释》）

贺新郎

夏 景

乳燕飞华屋[1]，悄无人、桐阴转午[2]，晚凉新浴。手弄生绡白团扇[3]，扇手一时似玉[4]。渐困倚、孤眠清熟[5]。帘外谁来推绣户，枉教人、梦断瑶台曲。又却是，风敲竹[6]。　　石榴半吐红巾蹙[7]，待浮花浪蕊都尽[8]，伴君幽独。秾艳一枝细看取[9]，芳心千重似束。又恐被、西风惊绿[10]。若待得君来向此，花前对酒不忍触。共粉泪，两簌簌[11]。

【注释】

1　乳燕：雏燕。

2　桐阴转午：桐影移动，时至午后。

3　绡（xiāo 消）：生丝所织薄绢。

4　一时：同时，一并。《世说新语·容止》："王夷甫容貌整丽，妙于谈玄。恒捉白玉柄麈尾，与手都无分别。"

5　"渐困"二句：谓独自倚枕熟睡。

6　"帘外"五句：谓风吹人醒。瑶台，西王母所居宫阙，此指梦中仙境。曲，深僻处。唐李益《竹窗闻风寄苗发司空曙》："微风惊暮坐，临牖思悠哉。开门复动竹，疑是故人来。”意境相近。

7　蹙（cù 促）：褶皱。句出白居易《题孤山寺山石榴花示诸僧众》：“山榴花似结红巾，容艳新妍占断春。”

8　浮花浪蕊：石榴花近夏始发，其他花早开，似显轻浮，故云。韩愈《杏花》：“浮花浪蕊镇长有，才开还落瘴雾中。”

9　秾（nóng 农）：花繁盛貌。取：语助词。

10　西风惊绿：惊见西风吹落榴花，只剩绿叶。

11　两簌簌：谓石榴花瓣和女子眼泪一起落下。簌簌，纷然下落貌，亦拟声。

【解读】

约元祐五年（1090）初夏作于杭州。

词题“夏景”，实写夏景中的佳人。发端三句写阒寂无声、酷热初退、晚凉乍起的初夏午后，不过是为佳人铺垫登场的环境。佳人的登场不是和盘托出，而是只有一个细部，一个特写：手执团扇是佳人独有的造型，扇手似玉是佳人天生的丽质。加上在风敲竹声中的倚枕孤眠，佳人孤高夐绝的外在形象即告完成，剩下的就是在佳人品格上再作刻画。令人不曾预料的是，换头处笔触骤转，一枝半开的石榴花代替佳人成为主角。当然，真正的主角还是佳人。石榴之于其他花蕊，正如佳人之于其他女子。“待浮花浪蕊都尽，伴君幽独”，是石榴甘伴佳人幽独，还是石榴本甘幽独？是石榴本甘幽独，还是佳人本甘幽独？“芳心千重似束”，是石榴的芳心，还是佳人的芳心？“又恐被、西风惊绿”，是谁在恐、谁在惊？石榴还是佳人？借花写人，是花是人，至煞尾“共粉泪，两簌簌”两句，人与花简直浑然一体，莫能辨之了。

词写石榴，更写佳人；词写佳人，亦写自己。比兴手法的运用在似有若无之间。不必过于坐实，说什么“瑶台之梦，主恩之难常也；幽独之情，臣心之不变也；恐西风之惊绿，忧谗之深也”（宋项安世《项世家说》卷八），更不必说为什么“天性黠慧，善于应对”的官妓秀兰或子虚乌有的爱妾榴花而作（分别见胡仔《苕溪渔隐丛话》卷三九引杨湜《古今词话》、陈鹄《耆旧续闻》卷二）。杜甫《佳人》首二句云：“绝代有佳人，幽居在空谷。”末二句云：“天寒翠袖薄，日暮倚修竹。”清人谭献称读东坡此词时“颇欲与少陵《佳人》一篇互证”（《复堂词话》）。我们看词中美人的孤芳自赏、自甘幽独，看上片环境的幽僻，下片心境的蕴结，作者高洁澄澈的品格便隐然包含在其中，作者不偶于时的遭际也隐然包含在其中了。

八声甘州

寄参寥子[1]

有情风万里卷潮来，无情送潮归。问钱塘江上[2]，西兴浦口[3]，几度斜晖？不用思量今古，俯仰昔人非[4]。谁似东坡老[5]，白首忘机[6]。
记取西湖西畔[7]，正春山好处，空翠烟霏[8]。算诗人相得[9]，如我与君稀。约它年、东还海道，愿谢公、雅志莫相违[10]。西州路，不应回首，为我沾衣[11]。

【注释】

1　参寥子：僧道潜，作者挚友。

2　钱塘江：即流经今杭州一带的浙江下游。

3　西兴浦口：渡口名，在钱塘江南岸，今浙江萧山西。

4　“不用”二句：意思是人事变化太快，所以不用兴古今兴亡之慨。俯仰，喻时间之短。

5　东坡老：作者时年五十六岁，故称。

6　机：机心，巧诈之心。李白《下终南山过斛斯山人宿置酒》：“我醉君复乐，陶然共忘机。”

7　记取：记住。

8　霏：雾霭。

9　相得：相投合。

10　“约它”四句：东晋谢安早居浙江上虞东山，毗邻东海，出仕后不改归隐之志，打算稍具政绩后复归东山，但“雅志未就，遂遇疾笃”（《晋书·谢安传》）。海道，指滨海的东山。雅志，素愿，指归隐之志。三句用谢安典，谓希望与参寥一起归隐。

11　“西州”三句：谢安病后返南京，车经西州门时，知道自己病将不愈。死后其外甥羊昙不忍再走西州路，一次因大醉误至，“悲感不已，以马策扣扉，诵曹子建诗曰：‘生存华屋处，零落归山丘。’恸哭而去。”西州，在今江苏南京。沾衣，泪沾衣裳。三句说不希望参寥像羊昙哭谢安一样，为自己最终不能归隐而落泪。

【解读】

元祐六年（1091）三月作于杭州。

参寥子诗文道义双修，东坡初见即以“诗句清绝，可与林逋相上下”（《与文与可》）称许。东坡贬黄州，他不远千里前去探视，东坡事后致信云：“仆罪大责轻，谪居以来，杜门念咎而已。平生亲识，亦断往还，理故宜尔。而释老数公，乃复千里致问，情义之厚，有加于平日，以此知道德高风，果在世外也。”（《与参寥子》其二）东坡贬海南岛后，他又打算渡海前往，经力劝乃罢（同上其十八），由此可知词中所谓“算诗人相得，如我与君稀”，诚非虚语。

词作从眼前景观写到人事代谢，从昔日游踪写到二人友情以写天风海涛之景发端，以言东还海道之志收束。看似发扬蹈厉，激昂排宕，实则义含比兴，沉雄抑郁。沉挚之思、高蹈之志、郁塞之气、超旷之情一并包举，是东坡词作中少有的大气淋漓之作。清人评："东坡诗词天得，常语快句，乘云驭风，如不经虑而出之。凄淡豪丽，并臻妙诣。至于神来气来，如导师说无上妙谛，如飞仙天人，下视尘界。"（方东树《昭昧詹言》卷一二引董坞语）蔡嵩云评："其阔大处，不在能作豪放语，而在其襟怀有涵盖一切气象。"（《柯亭词论》）于此词俱可见之。

临江仙

送钱穆父[1]

一别都门三改火[2]，天涯踏尽红尘[3]。依然一笑作春温[4]。无波真古井，有节是秋筠[5]。

惆怅孤帆连夜发，送行淡月微云。樽前不用翠眉颦[6]。人生如逆旅，我亦是行人[7]。

【注释】

1 钱穆父：名勰。

2 “一别”句：元祐三年九月穆父自京赴知越州（今浙江绍兴），二人别已三年。都门，指汴京。改火，本指四季以不同木材钻木取火，后多指寒食禁火三日后重新起火，故以一改火指一年。

3 红尘：飞扬的尘土，后指人世间。

4 春温：如春天般温暖。作者《送鲁元翰少卿知卫州》：“时于冰雪中，笑语作春温。”

5 筠（yún 匀）：竹。以上二句出白居易《赠元稹》：“无波古井水，有节秋竹竿。”

6 翠眉：指送别的官妓。颦（pín 频）：皱眉。

7 逆旅：旅舍。李白《春夜宴桃李园序》：“夫天地者，万物之逆旅；光阴者，百代之过客。”

【解读】

元祐六年（1091）清明后作于杭州。

古人较今人尤重离别，南朝梁江淹《别赋》的开篇一句“黯然销魂者，唯别而已矣”，包含了多少对于离别的辛酸和痛苦。其时钱穆父因自绍兴移守瀛州（今河北河间）路经杭州，短暂重逢之后的离别，更容易使人不堪其忧。此词却将这种临歧沾巾、悲戚伤怀的儿女情态一扫而空。上片写相聚，赞赏的是对方面对坎坷奔波时的古井心境和秋竹风节；下片写分别，抒发的是自己对世事人生的超旷之思。《列子·天瑞》云：“古者谓死人为归人。夫言死人为归人，则生人为行人矣。”这是对学道成仙、长生不老的一种超越。煞尾“人生”二句，借这一生死必然的道家思想宽慰离人，也宽慰自己。既然我们都是大千世界的匆匆过客，又何必在乎杭州城里的匆匆一别？如果生死问题都能坦然对待，人生中的聚合得失、悲欢苦乐，又岂在话下！

虽然如此，俞陛云评此二句：“因送友而言我亦逆旅中行人之一，语极旷达。”还以“高朗”二字总评全篇（见《唐五代两宋词选释》），却不尽妥当，因为他没有读出这种“旷达”背后隐含的悲酸伤感。拿唐初诗人王勃“魄力自异”（《唐诗三百首》陈婉俊补注语）的名句“海内存知己，天涯若比邻”相比较，就不难知道真正的“高朗”是怎样的了。

木兰花令

次欧公西湖韵[1]

霜余已失长淮阔，空听潺潺清颍咽[2]。佳人犹唱醉翁词[3]，四十三年如电抹[4]。　　草头秋露流珠滑[5]，三五盈盈还二八[6]。与余同是识翁人[7]，唯有西湖波底月。

【注释】

1　次韵：按照他人诗词的韵脚创作。欧公：欧阳修。西湖：此指颍州（今安徽阜阳）城西北西湖，长十里，宽二里，林木葱茏，是当地名胜。

2　“霜余”二句：谓秋末淮河水面缩落，颍水更浅而声低。长淮，淮河。清颍，颍水，淮河支流，源出河南登封，自西北向东南流经颍州。

3　佳人：歌妓。醉翁词：见下“解读”所引。

4　四十三年：欧阳修皇祐元年（1049）作《木兰花令》词至此，凡四十三年。电抹：形容其快。《维摩诘所说经》卷上《方便品》：“是身如电，念念不住。”作者《六观堂老人草书》：“清露未晞电已徂。”

5　“草头”句：喻世事难久持。

6　“三五”句：十五圆月十六缺，喻美好时光短暂。

三五、二八，分别指农历十五、十六日。盈盈，月圆光满貌。《礼记·礼运》：“三五而盈。”谢灵运《怨晓月赋》：“昨三五兮既满，今二八兮将缺。”卢仝《有所思》：“天涯娟娟嫦娥月，三五二八盈又缺。”

7　翁：指欧阳修。

【解读】

元祐六年（1091）深秋作于颍州。

欧阳修皇祐元年（1049）守颍州时作《木兰花令》：“西湖南北烟波阔，风里丝簧声韵咽。舞余裙带绿双垂，酒入香腮红一抹。　　杯深不觉琉璃滑，贪看六幺花十八。明朝车马各西东，惆怅画桥风与月。”熙宁四年（1071）又退居于此，更作《采桑子》十首，尽情讴歌西湖美丽的景色，抒发“平生为爱西湖好”的心情，翌年即卒于此。

东坡曾在熙宁四年去颍州追陪杖履，同游西湖。元丰七年（1084）在扬州平山堂上泼墨挥毫，写下“十年不见老仙翁”（《西江月·平山堂》）的词句。元祐六年出守颍州，再莅西湖，距欧公弃世已二十年，竟然听见当地的红粉佳人仍在传唱欧公四十三年前描写西湖的词句，不禁感从中来，敬次其韵，在世事迁流的感慨中再次表达对欧公的深情缅怀。尤其煞尾“与余同是”二句，含思婉转，不绝如缕，将自己与歌女相提并举，显示出天下无论何人，知与不知，皆对欧公深怀感情。一个五十五岁白头老门生的拳拳之心，是很让人感动的。

减字木兰花

春 月

春庭月午[1]，摇荡香醪光欲舞[2]。步转回廊，半落梅花婉娩香[3]。　　轻云薄雾，总是少年行乐处。不似秋光，只与离人照断肠[4]。

【注释】

1　月午：午夜。午，正中。唐韩愈《贞曜先生墓志铭》："过隅惊桂侧，当午觉轮停。"

2　"摇荡"句：谓杯中酒在月光下摇荡。醪（láo劳），酒糟未过滤的酒，又称浊酒。

3　婉娩（wǎn晚）：柔弱，轻淡。

4　"不似"二句：用王夫人"秋月令人凄惨"语意，见下解读。

【解读】

元祐七年（1092）正月十五日作于颍州。

春天万物适时生长，反衬生命的短促无常；秋天草木尽皆摇落，难免让人睹物伤怀。伤春悲秋，故成传统。虽然如此，毕竟春胜于秋。刘禹锡诗有云："自古逢秋悲寂寥，我言秋日胜春朝。"（《秋词二首》之一）那不过是诗豪有意对抗流俗而已。

据作者在颍州时的僚属赵令畤（德麟）记载：“元祐七年正月，东坡先生在汝阴（即颍州），堂前梅花大开，月色鲜霁。先生王夫人曰：‘春月色胜如秋月色，秋月令人凄惨，春月令人和悦。何如召赵德麟辈来，饮此花下。’先生大喜曰：‘吾不知子亦能诗耶？此真诗家语耳。’遂相召与二客饮。用是语作《减字木兰花》词。”（《侯鲭录》卷四）可知是夫人的话触动了作者，而所以触动作者的，是其中体现出的对春天的热爱，对诗意的发现与追求。

王夫人所说的确就是诗家语，它使人想起宋人吕本中的词句：“花光人不会，月色须君醉。月色与花光，共成今夜长。”（《菩萨蛮》）东坡取为所用，敷衍成篇，情景融会，意境烂然，当然更是诗家语。清周济说：“人赏东坡粗豪，吾赏东坡韶秀。韶秀是东坡佳处，粗豪则病也。”（《介存斋论词杂著》）清沈德潜也说：“情景名为二，而实不可离。神于诗者，妙合无垠。”（《薑斋诗话》）可用二语移评此词。

满江红

怀子由作

清颍东流[1]，愁来送、征鸿去翮[2]。情乱处、青山白浪，万重千叠。孤负当年林下语，对床夜雨听萧瑟[3]。恨此生、长向别离中，凋华发。

一樽酒，黄河侧[4]。无限事，从头说。相看恍如昨，许多年月[5]。衣上旧痕余苦泪，眉间喜气占黄色[6]。便与君、池上觅残春，花如雪。

【注释】

1　清颍：颍水，淮河支流，流经颍州。

2　征：远行。翮（hé 合）：鸟翅长羽，代指鸟。

3　“孤负”二句：苏辙《逍遥堂会宿二首引》：“辙幼从子瞻读书，未尝一日相舍。既壮，将游宦四方，读韦苏州诗，至‘安知风雨夜，复此对床眠’，恻然感之。乃相约早退，为闲居之乐。故子瞻始为凤翔府，留诗为别曰：‘夜雨何时听萧瑟。’”“夜雨”句见东坡嘉祐六年（1061）二十六岁所作《辛丑十一月十九日，既与子由别于郑州西门之外，马上赋诗一篇寄之》，而据辙文，二人相约对床夜雨尚在此前未出仕时。三十余年夙愿至今不酬，故有“孤负当年”之语。其《醉落魄》（分携如昨）

亦云："故山犹负平生约。"林下语，指隐退诸言。林下，指幽隐之地。萧瑟，风雨声。

4　黄河侧：指颍州。

5　许多年月：苏辙其时在汴京任门下侍郎，不见四年。

6　"衣上"二句：谓见面时亦悲亦喜。衣上旧痕，指残留之泪。唐刘希夷《捣衣篇》："莫言衣上有斑斑，只为思君泪相续。"眉间黄色，古相者认为眉间有黄色预兆喜事。韩愈《郾城晚饮奉赠副使马侍郎及冯李二员外》："城上赤云呈胜气，眉间黄色见归期。"占（zhān 沾），占卜。

【解读】

元祐七年（1092）二月作于颍州。

词怀老弟，上片首数句就眼前之景抒情乱之状，后数句忆当年萌约，写难酬之志。下片宕开，设为想象，写兄弟颍州相聚，同饮共话，抚今追昔，悲喜相加。末三句言觅残春，暗寓"已往不谏，来者可追"之意，意可感，情甚真。但可悲的是，"对床夜雨"这在平常人不过普普通通的心愿，对作者来说竟成遥不可及的奢求，终生未遂。这一年，距他遽离人世还有整整十年。

感情甚笃而聚少离多的昆仲，表达感情、倾诉思念是他们诗词中的一个常见主题。如果说《水调歌头》（明月几时有）以清泠明澈的意境写善自排遣的胸怀，《水调歌头》（安石在东海）借前代的典故写悲凉疏放的心情，这首《满江红》则是用健笔壮语写手足之情和雅志难酬的抑郁襟怀。全词阔大之景与凝厚之情结合，实写与拟想结合，结构拗折，笔势吞吐，词风慷慨奇拔。

减字木兰花

五月二十四日，会于无咎之随斋[1]。主人汲泉置大盆中[2]，渍白芙蓉[3]，坐客翛然[4]，无复有病暑意[5]。

回风落景[6]，散乱东墙疏竹影。满座清微[7]，入袖寒泉不湿衣[8]。　梦回酒醒，百尺飞澜鸣碧井[9]。雪洒冰麾，散落佳人白玉肌[10]。

【注释】

1　无咎：即晁补之，“苏门四学士”之一，时为扬州通判，东坡属吏。随斋：晁补之在扬寓所。

2　汲：取水。

3　渍（zì 字）：浸泡。芙蓉：荷花。

4　翛（xiāo 消）然：自在超脱貌。《庄子·大宗师》：“翛然而往，翛然而来而已矣。”

5　病暑：苦于酷暑。

6　回：旋转。景：通“影”，日影。

7　清微：清凉微细。

8　不湿衣：谓寒意沁肌。

9　“百尺”句：谓从满布青苔的百尺井中汲水。澜，波浪。

10　“雪洒”二句：谓清凉井水挥洒在白荷花上。麾（huī 灰），同“挥”。白玉肌，指白荷花。

【解读】

元祐七年（1092）五月作于扬州。

古人生活条件大不如今，但他们总有办法应付困境。比如对于酷暑，除用扇子等避暑工具外，也采取类似词中提到的汲泉水渍芙蓉等临时措施。但更重要的，是以心境上的清凉来抗拒环境的浊热。一件很有意思的事是，明人陈继儒将古来有关消夏避暑的文字汇为一编，起名为《销夏部》，希望炎夏中的人们读到它，能起解热增凉的作用。像仲长统文：“濯清水，追凉风，钓游鲤，弋高鸿，不受当世之贵，永保性命之期。”裴晋公诗：“饱食缓行初睡觉，一瓯新茗侍儿煎。脱巾斜倚绳床坐，风送水声来耳边。”佚名的赋：“愿得泰岱之长松焉，潇湘之修竹焉，匡庐之飞瀑焉，太湖之明月焉。”等等，读之确如置身于清凉之国，溽暑酷热飘然而去。陈继儒未能将此篇收入，是可深惜者也。

青玉案

和贺方回韵[1]，送伯固归吴中[2]。

三年枕上吴中路[3]，遣黄犬、随君去[4]。若到松江呼小渡[5]，莫惊鸳鹭，四桥尽是[6]，老子经行处[7]。　　辋川图上看春暮，常记高人右丞句[8]。作个归期天已许[9]，春衫犹是，小蛮针线[10]，曾湿西湖雨。

【注释】

1　贺方回：名铸，北宋词人。其原作是：“凌波不过横塘路，但目送，芳尘去。锦瑟华年谁与度。月桥花院，琐窗朱户，只是春知处。　　飞云冉冉蘅皋暮，彩笔新题断肠句。若问闲情都几许，一川烟草，满城风絮，梅子黄时雨。”为宋词名篇。

2　伯固：名苏坚。吴中：今江苏吴县，属苏州，苏坚故乡。

3　“三年”句：作者元祐四年至六年（1089—1091）守杭州，苏坚为属官，首尾三年，故谓其只能梦回故乡。枕上，意即梦中。

4　“遣黄”二句：用《晋书·陆机传》典：“初机有骏犬，名曰黄耳，甚爱之。既而羁寓京师，久无家问，笑语犬曰：‘我家绝无书信，汝能赍书取消息不？’犬摇尾作声。机乃为书以竹筒盛之而系其颈，犬寻路南走，遂至其家，得报还洛。其后因以为常。”

5　松江：又名淞江、吴江、笠泽，太湖最大支流，流经吴县、昆山、青浦、嘉定等地，由黄浦江入海。呼小渡：呼小舟摆渡。

6　四桥：苏州的四座名桥，当地胜景。

7　老子：年长者自称。此为作者自指。作者十八年前（熙宁七年，1074）通判杭州时屡至苏州，有“一年三度过苏台”（《阮郎归》）之句，可见上二句是实写。

8　“辋川”二句：辋川，在今陕西蓝田南，风景奇秀，唐人王维置别业，绘其风景为“辋川图”，与友人泛舟往来，弹琴赋诗。高人，高风绝尘之人。右丞，王维曾官尚书右丞。杜甫《解闷》十二首之八：“不见高人王右丞，蓝田邱壑蔓寒藤。”

9　“作个”句：意谓伯固得遂归乡之愿。

10　小蛮：唐白居易家妓，孟棨《本事诗·事感》：“白尚书姬人樊素，善歌；妓人小蛮，善舞。尝为诗曰：‘樱桃樊素口，杨柳小蛮腰。’”此比苏坚之姬。

【解读】

元祐七年（1092）八月作于扬州。

送行牵涉到行者（客）和送者（主），往往于发端处点出双方，初唐王勃名作《送杜少府之任蜀州》首联“城阙辅三秦，风烟望五津”即为一例。此词不惟发端，上片皆如此。首句对方，说其三年梦萦故乡，言外就是三年未归故乡了，写其思乡之心；次句自己，借旧典表达对行者的期望，不要一别便无音信，显示重友之谊。“若到”二句对方，“四桥”二句自己，意谓你将归去的家乡也是我曾游历的地方，这就绾合了送者与行者的关系。换头以后方始专力于对方，以应题中“送归”之意。“辋川”二句谓其家乡风物有如辋川，而其诗歌之美则俨然王右丞也。“作个”四句谓其归乡之愿得偿，在杭时常着爱姬所制之衣，如今可归与团圆矣。清况周颐称此数句语甚清而意甚艳（见《蕙风词话》卷二)，叹为天仙化人之笔。

词作赞颂苏坚的家乡，称许苏坚的才华，写其对家乡的思念，祝贺他的归乡。苏坚也无负于作者的期许，长期与作者保持友谊。

归朝欢

和苏坚伯固

我梦扁舟浮震泽[1]，雪浪摇空千顷白[2]。觉来满眼是庐山[3]，倚天无数开青壁[4]。此生长接淅[5]，与君同是江南客[6]。梦中游，觉来清赏[7]，同作飞梭掷[8]。　　明日西风还挂席[9]，唱我新词泪沾臆[10]。灵均去后楚山空[11]，澧阳兰芷无颜色[12]。君才如梦得[13]。武陵更在西南极[14]。《竹枝词》[15]，莫傜新唱[16]，谁谓古今隔[17]。

【注释】

1　震泽：即太湖，在江苏、浙江交界处。

2　顷：百亩为一顷，一说十二亩半为一顷。

3　庐山：在江西九江市南，北临长江，东南傍鄱阳湖。

4　“倚天”句：形容庐山峰峦叠翠，上插云霄。元符三年（1100），作此词后七年，作者在韶州（今广东韶关）作《昔在九江，与苏伯固唱和……》，诗题中提到作此词的事，并引以上四句，说“盖实梦也”。

5　接淅（xī西）：漉干已淘之米，比喻四处奔波，席不暇暖。语出《孟子·万章下》：“孔子之去齐，接淅而行。”孔子急于离开齐国，等不及做好饭，将已淘的米捞起来漉干就走。接，本字作“滰”（jiàng 匠），淘米后漉干水。淅，淘米。

6 “与君”句：指自己与苏坚皆客居九江。唐宋时九江属江南西道，故云。

7 清赏：高雅的欣赏。

8 飞梭掷：形容时光飞逝。

9 挂席：扬帆远行。孟浩然《泊舟浔阳望庐山》：“挂席几千里，名山都未逢。”

10 臆：胸。杜甫：“人生有情泪沾臆。”

11 灵均：屈原。楚山空：谓楚地再无人才。屈原是楚人，故云。

12 澧（lǐ 里）阳：又称澧州，今湖南澧县。芷（zhǐ 止）：一种香草，屈原赋中经常将之与兰并提。如《离骚》：“兰芷变而不芳兮，荃蕙化而为茅。”《九歌·湘夫人》：“沅有芷兮澧有兰，思公子兮未敢言。”苏坚与作者分手后将去澧阳，故提及之。

13 梦得：即唐代“诗豪”刘禹锡。

14 武陵：今湖南常德，刘禹锡永贞元年至元和九年（805—814）贬此。句谓武陵在苏坚将去的澧阳的西南端。

15 《竹枝词》：古代巴渝（今四川东部）地区的民歌，刘禹锡长庆二年至四年（822—824）作夔州（今白帝城）刺史时改当地民歌，成《竹枝词》十余首。

16 莫傜：少数民族，分布在湖南澧阳等地。《隋书·地理志下》："长沙郡又杂有夷蜒，名曰莫徭，自云其先祖有功，常免徭役，故以为名。""傜"与"徭"通。

17 "谁谓"句：句意谓谁说古今有不同呢？谢灵运《七里濑》："谁谓古今殊，异代可同调。"

【解读】

绍圣元年（1094）七月作于九江。

本年四月，作者以在朝中所作诰词语涉讥讪遭弹劾，自定州（今河北定县）贬守英州（今广东英德），未至，再贬转惠州（今属广东）安置，七月行至九江，与旧日僚属兼朋友苏坚晤面而和其作。上片前四句纪梦，写梦中所历及眼前所见截然两地，恰似自己的萍飘梗转，引出"此生长接淅"的感叹。词为客中和作，又为客中送客，故接以"与君同是江南客"一句绾合双方。苏坚离九江后将去湖南澧阳，故下片专写对方，以与湖南有关的两位大诗人激励苏坚。"灵均"以下数句谓：屈原放逐沅湘，改当地祭神之词作《九歌》；刘禹锡被贬武陵，也作《竹枝词》供当地人歌唱迎神。屈原往矣，楚地无人，他所歌颂过的你将去的澧阳的香草也黯淡了它的颜色；你的才能像刘禹锡，刘禹锡被贬的武陵就在你将去的澧阳的西南端：那么希望你到澧阳以后，那里的少数民族也能唱上你为他们新作的《竹枝词》吧，果真如此，谁能说古今有隔呢？

作者此时是一贬再贬之身，从词中比附苏坚的屈原和刘禹锡亦为逐臣来看，苏坚之赴澧阳当亦为戴罪迁谪。客中送客已足伤悲，何况又是逐臣对逐臣！然而我们看发端四句的梦中之境和眼中之景，多么大气磅礴；我们再看煞尾数句对苏坚的殷切期许，多么鼓舞人心。全词虽然流露出人生飘忽之感，更多却是豪迈奋发的气概和积极开朗的情怀。这是作者坚强、积极、乐观的精神世界的折射。

值得指出的一点是，刘禹锡《竹枝词》并非作于武陵，而是作于夔州（今重庆奉节），刘禹锡的《竹枝词序》自有明言。查《旧唐书》、《新唐书》本传已有此误，也许东坡是沿用所致吧。因此用刘禹锡在武陵作《竹枝词》来激励苏坚，用意虽然很好，用典却是错了。当然，这是一个与思想艺术无关的问题，无损于作品固有的价值，不影响我们对它的评价。

临江仙

惠州改前韵[1]

九十日春都过了[2]，贪忙何处追游。三分春色一分愁[3]。雨翻榆荚阵[4]，风转柳花球[5]。

我与使君皆白首[6]，休夸年少风流。佳人斜倚合江楼[7]。水光都眼净，山色总眉愁[8]。

【注释】

1 惠州：今属广东。作者绍圣元年（1094）十月贬此。前韵：指熙宁九年（1076）四月所作《临江仙》，上片全同此词，下片为："阆苑先生须自责，蟠桃动是千秋。不知人世苦厌求。东皇不拘束，肯为使君留。"

2 九十日春：农历正月至三月。

3 "三分"句：宋叶清臣《贺圣朝》："三分春色二分愁，更一分风雨。"

4 榆荚：榆树果实，初春时先于叶生，状似钱而小，暮春时飘落。此句指雨打榆荚零落。

5 柳花球：柳絮染尘成球。此句指风吹絮球翻滚。

6 使君：惠州知州詹范。作者在《与徐得之》中称"詹使君，仁厚君子也，极蒙他照管"。按作者时年六十岁，又据其《和陶贫士七首》之六："老詹亦白发，相对垂霜逢。”可知此句为实写。

7　合江楼：作者初至惠州时所居之所，在惠州东门，因东西二江汇合于此得名。

8　“水光”二句：形容山水之美。宋王观《卜算子》：“水是眼波横，山是横峰皱。”作者《次韵送张山人归彭城》：“水洗禅心都眼净，山供诗笔总眉愁。”

【解读】

约绍圣三年（1096）四月作于惠州。

想起唐人王昌龄的《闺怨》：“闺中少妇不知愁，春日凝妆上翠楼。忽见陌头杨柳色，悔教夫婿觅封侯。”林林总总的人基于形形色色的原因，熙熙攘攘，浑浑噩噩，猛然间才发觉“九十日春都过了”！“春辞我，归何处？草草、夜来风雨”（晁补之《金凤钩》）过后，剩下的只是“雨翻榆荚阵，风转柳花球”，只是“三分春色一分愁”！人生就是在一个个春往春来、花荣花悴间，鬓霜平增，风流锐减。所以，还是与朋友携佳人尽情欣赏那如眼波之水光，如愁眉之山色吧！

二十年前的旧句如新，二十年后的人已垂垂老矣。难道不是人事拘束、有负自然的遗憾伴随他的一生，才使他如此感怀，不惜一再地形诸歌咏吗？

蝶恋花

花褪残红青杏小[1]，燕子飞时，绿水人家绕。枝上柳绵吹又少[2]，天涯何处无芳草。

墙里秋千墙外道[3]，墙外行人，墙里佳人笑。笑渐不闻声渐悄[4]，多情却被无情恼[5]。

【注释】

1　花褪残红：残花凋谢。青杏：未熟之杏。此句的是春末景象。

2　柳绵：柳絮。春季最多，渐近夏天时减少。此句亦是春末景象。

3　秋千：古代女子最为喜爱，暗点下文“佳人”。

4　“笑渐”句：谓荡秋千的女子远去。

5　多情：谓“墙外行人”。无情：谓“墙里佳人”。后者本不知道前者的存在，而在前者看来，后者的旁若无人、欢乐无忧，恰有如无情。恼：引逗，撩拨。唐罗隐《春日叶秀才曲江》：“春色恼人遮不得，别愁如疟避还来。”

【解读】

约绍圣三年（1096）晚春作于惠州。

词作伤春复伤情，但所伤之春未必真是四季节候，所伤之情未必真是男女私情。否则就难以解释下面两段大致相同的记载："东坡渡海（"海"当为"岭"，因渡海时朝云已离世），唯朝云王氏随行，日诵'枝上柳绵'二句为之流泪，病极犹不释口。"（《历代诗话》卷一一五引惠洪《冷斋诗话》）"东坡制《蝶恋花》词……常令朝云歌之。云唱至'柳绵'句，辄为掩抑惆怅，如不自胜。坡问之，曰：'妾所不能竟者，'天涯何处无芳草'句也。"（清冯金伯《词苑萃编》卷一一引《东坡集》）王朝云于东坡先为侍儿后为妾，是东坡平生钟爱的三位女性之一（另两位是发妻王弗和续弦王闰之）。东坡年近六十而有惠州之贬，家中数妾四五年间尽皆散尽，随其南迁并卒于惠州者惟朝云一人。患难与共，生死不渝，其此之谓欤？设如此词意在伤情，设如作者真的恼于"无情"，怎会"常令朝云歌之"？设如此词意在伤春，朝云又岂至如此动容，"为之流泪"，"如不自胜"？必是其中含有伤春伤情之外的东西，那就是"伤境"。

此所谓"境"者，东坡一生坎坷不遇之境、壮志难酬之境也。其中消息，端在上片末句。"天涯何处无芳草"，亦即占者灵氛所谓"何所独无芳草兮"（《离骚》）也。占者灵氛之语，实屈原之语也。而"何所"句下，紧接着的就是"尔何怀乎故宇"。故宇者，故国之谓也。朝云知道，东坡一如屈子，不会离开故国，不会抛弃理想，不会停止追求。但这种执着精神和坚定信念并不能阻止"国无人莫我知"（亦为《离骚》句）者内心的矛盾与痛苦。朝云不愧为东坡的红颜知己，她所以每诵至“天涯何处无芳草”就情不能胜，正是读懂了词语中隐含的东坡内心的这种矛盾和痛苦。如果说伤情，伤的就是与平生抱负相关之情，而非尔汝恩怨一己之私情。如果说伤春，也未必不可作如是观。

词作以一组对立的意象结构全篇。花褪残红的衰败与青杏的生长是一种对立，枝上柳绵的渐少与绵绵不绝的芳草是一种对立，墙里佳人的无情与墙外行人的多情是一种对立。这一系列对立的组合，莫非正是作者内心矛盾无意识的体现？果真如此，这首词就更让人称奇了：深者得其深，浅者得其浅，即使只当它是一首伤春复伤情的词作，它的缠绵悱恻不已很令人一唱三叹、情不能已了吗？通常都说坡词豪放，此词中哪有一点豪放的影子？王士禛读这首词说：“恐屯田（柳永）缘情绮靡，未必能过。孰谓坡但解作‘大江东去’耶?”(《花草蒙拾》)佚伦绝群的大家往往就是这样，一身而兼具多副笔墨，常令人兴变幻莫测之叹。

西江月

梅　花

玉骨哪愁瘴雾[1]，冰姿自有仙风[2]。海仙时遣探芳丛，倒挂绿毛幺凤[3]。　素面常嫌粉涴[4]，洗妆不褪唇红[5]。高情已逐晓云空，不与梨花同梦[6]。

【注释】

1　玉骨：形容梅花品质之美。瘴雾：旧称南方湿热蒸发易致疾病的气候。

2　冰姿：形容梅花容态之美。

3　芳丛：梅林。幺凤：岭南珍禽，绿毛红嘴，状似鹦鹉而小，栖息时倒挂树枝，又称“倒挂子”。相传自东海来，非当地产，故上二句想象倒挂梅枝的这种珍禽是海仙遣来探望梅花的。

4　“素面”句：形容梅花的素雅。宋乐史《太真外传》卷上载，杨贵妃姊虢国夫人“不施妆粉，自炫美艳，常素面朝天（指皇帝）”，唐张祜《集灵台二首》之二：“虢国夫人承主恩，平明骑马入宫门。却嫌脂粉污颜色，淡扫娥眉朝至尊。”（一作杜甫诗）素面，不施脂粉。涴（wò 握），污染。

5　“洗妆”句：形容梅叶的淡红。庄绰《鸡肋编》卷下：“梅花叶四周皆红，故有‘洗妆’之句。”

6　“不与”句：作者自注：“诗人王昌龄梦中作梅花诗。”（傅干《注坡词》卷二引）傅注又引“诗话”（当为《高斋诗话》）云：“王昌龄《梅诗》曰：‘落落寞寞路不分，梦中唤作梨花云。’”

【解读】

绍圣三年（1096）十一月作于惠州。

东坡数妾，与朝云最相知。绍圣元年十月被贬惠州时，其他人早散去，惟朝云万里投荒，随其度岭。东坡于其生前即有《朝云诗》纪此事，当其于绍圣三年病卒，又作《惠州荐朝云书》，感念其“一生辛勤，万里随从”。又作《朝云墓志铭》，称颂其“敏而好义”、“忠敬若一”。又有《悼朝云》诗及本词深自痛悼。其诗直用赋体：“伤心一念偿前债，弹指三生断后缘。”此词则托物取兴，纯用比体，以岭外梅花的玉骨冰姿、素面洗妆，喻指朝云美丽的容颜和品格。结尾“高情”二句，反用王昌龄典，其意似谓梅花不来入梦，自己爱梅的高情已如晓云成空；又似谓梅花的高情如空中晓云，梨花难与比并。凸显梅花众卉难匹的同时兼寓朝云仙逝之意，措语空灵蕴藉，颇堪寻味。刘永济《词论》云：“小令尤以结语取重，必通首蓄意、蓄势，于结句得之，自然有神韵。”此词之结语，正符刘氏所论。

明杨慎《词品》卷二评此词极高："古今梅词，以坡仙绿毛幺凤为第一。"不过，古人所作梅词甚多，南宋初黄大舆所编《梅苑》十卷，裒集唐宋人之作数百阕，诚如《四库提要》所评"刻画形容，各出新意"，"第一"之名，实难轻许。

西江月

世事一场大梦[1]，人生几度新凉[2]。夜来风叶已鸣廊，看取眉头鬓上[3]。　　酒贱常愁客少[4]，月明多被云妨[5]。中秋谁与共孤光[6]，把盏凄然北望[7]。

【注释】

1　“世事”句：李白《春日醉起言志》：“处世若大梦，胡为劳其生。”

2　“人生”句：唐徐寅《人生几何赋》：“落叶辞柯，人生几何。”词作于中秋，故称新凉。

3　“夜来”二句：风叶鸣廊，谓自然之秋；眉鬓染霜，谓人生之秋。看取，看。取，语助，有“着”义。

4　“酒贱”句：谓块然独处。

5　“月明”句：喻受谗获罪。

6　谁与：与谁。孤光：月光。句谓与谁共度中秋。

7　北望：说明所思之人在北方。

【解读】

约绍圣四年（1097）中秋作于儋州。

本年七月二日，“生无还期，死有余责”（《到昌化军谢表》）的东坡，“并鬼门而东骛，浮瘴海以南迁”（同上），到达贬所儋州（今海南儋县）。八月十五日夜，孤独的东坡面对永恒的明月，一抒人生若浮的感慨和郁愤凄凉的心情，兼怀两月前分手的老弟子由。子由此时贬在雷州（今广东海康），正与儋州隔海相望也。

值得涵咏的是“月明多被云妨”一句。《六祖法宝坛经·忏悔品》云：“世人性本清净，如天常清，日月常明，为浮云盖覆，上明下暗。忽遇风吹云散，上下俱明，万像皆现。”月色本明，因云而暗，正如自己行为无亏，心性本洁，因受宵小之谗而获弥天之罪。三年之后，东坡遇赦北归，渡海时又写下“云散月明谁点缀，天容海色本澄清”（《六月二十日夜渡海》）的句子。两相参照，可知作者此时心情虽然消沉，仍然保持着威武不屈的信念。

减字木兰花

己卯儋耳春词[1]

春牛春杖[2]，无限春风来海上[3]。便丐春工[4]，染得桃花似肉红。　　春幡春胜[5]，一阵春风吹酒醒。不似天涯，卷起杨花似雪花[6]。

【注释】

1　己卯：元符二年（1099）。儋耳：即儋州。春词：迎春之词。

2　春牛：土牛，立春日前鞭挞之，劝农春耕之意。春杖：鞭打土牛的木杖。

3　“无限”句：儋耳地处海岛，故有此句。

4　丐：乞求。春工：万物得春天而生长，春天似创造化育的工匠，故云。

5　春幡：春旗，立春日挂于树上，象征春至。亦有剪彩为小旗插于头上者。春胜：立春日妇女所戴彩结，以绢、箔或纸制成。胜，首饰。关于古代立春日的习俗，可参《后汉书·礼仪志上》、宋吴自牧《梦粱录》卷一、宋孟元老《东京梦华录》卷六等。

6　“不似”二句：海南地处偏僻，素称天涯。其地暖湿，立春时杨花已开，似雪花飞舞。海南终年无雪，故云“不似”。语曲而意丰。

【解读】

元符二年（1099）立春日作于儋州。

古时以立春日为春节，人们在这一天用各种形式表示对严寒褪去、神州春回的喜悦。词作简洁地勾勒海南立春日的风光，传达出节日里欢乐祥和的气氛，艺术上采用了类似“独木桥体”的作法。

古代格律诗词，篇有定句，句有定字，不得逾越。为了在有限的篇幅中表现最多的内容，逐渐形成不成文的规矩，即同一篇作品中尽量不重复用字。不过正因如此，就有人要刻意去打破这条规矩，以获得新奇的效果。比如黄庭坚的《阮郎归》：“烹茶留客驻金鞍，月斜窗外山。别郎容易见郎难，有人思远山。　　归去后，忆前欢，画屏金博山。一杯春露莫留残，与郎扶玉山。”通篇只押一字，号称“独木桥体”，游戏之作也。东坡此作不过四十余字，“春”字反复出现，竟达七次之多，虽然不是严格的“独木桥体”，却显然借鉴了这种形式。但它不只有游戏的成分，也有强化主题的作用：题为“春词”，词写立春，春字在作品中反复出现，刺激着我们的视觉，激发着我们的想象，在我们的眼前，真的是一片绚烂的春光；在我们的脑海中，真的是一片融融的春意了。

蝶恋花

蝶懒莺慵春过半，花落狂风，小院残红满。午醉未醒红日晚，黄昏帘幕无人卷。　　云鬓鬅松眉黛浅[1]，总是愁媒[2]，欲诉谁消遣[3]。未信此情难系绊，杨花犹有东风管[4]。

【注释】

1　云鬓：如云鬓发。形容女子。鬅（péng 朋）松：即"蓬松"。眉黛浅：指未化妆。黛，青黑色颜料，女子画眉所用。

2　总是愁媒：引起愁的东西。媒，媒介。

3　谁消遣：谁能为我消除、排解。

4　"杨花"句：杨花当春天来临时飘扬，故云。

【解读】

作时不详。

词写女子在蝶懒莺慵时、风狂花落中的伤春情绪。情境意态，均极惨淡；声调口吻，惟妙惟肖。与"雨横风狂三月暮，门掩黄昏，无计留春住"（冯延巳《鹊踏枝》）、"东风又作无情计，艳粉娇红吹满地"（晏几道《玉楼春》）等名句堪称神似。吴世昌说："东坡乐府中'绮罗香泽'之词比谁都多，竟超过欧阳修、柳永、张先、宋祁等北宋初期'婉约派'词人同类作品的总和。"（《词林新话》）这种看法无疑是有道理的，不过我们也要看到东坡婉约词情感、格调在前人基础上的发展与提高。

蝶恋花

春事阑珊芳草歇[1]，客里风光[2]，又过清明节。小院黄昏人忆别，落红处处闻啼鴂[3]。
咫尺江山分楚越[4]，目断魂销[5]，应是音尘绝[6]。梦破五更心欲折[7]，角声吹落梅花月[8]。

【注释】

1 “春事”句：写春暮时景。谢灵运《游赤石进帆海》：“首夏犹清和，芳草亦未歇。”春事，意同“春意”。阑珊，将尽。

2 客里：离家在外。

3 鴂（jué 决）：又名“鶗鴂”、“鹈鴂”，即杜鹃鸟，三月始鸣，夏末而止。鸣时已近春末，花草将谢，故《楚辞·离骚》云：“恐鹈鴂之先鸣兮，使夫百草为之不芳。”东汉张衡《思玄赋》亦云：“恃己知而华予兮，鶗鴂鸣而不芳。”东坡此句与首句照应，亦为此意。

4 咫尺：形容距离很近。咫，八寸。楚越：楚国和越国，二古国名，一在今湖北江陵一带，一在今浙江绍兴一带，后用以称相距遥远。唐孟浩然《送从弟邕下第后寻会稽》：“向来共欢娱，日夕成楚越。”李白《寄远十一首》其八：“坐思行叹成楚越。”句谓距离虽近，感觉很远。

5　目断：望尽，喻极度盼望。魂销：魂魄离散，此处形容因离别而哀伤之极。南朝梁江淹《别赋》："黯然销魂者，唯别而已矣。"

6　音尘：消息。汉蔡琰《胡笳十八拍》："故乡隔兮音尘绝。"李白《忆秦娥》："咸阳古道音尘绝。"

7　梦破：醒来。心欲折：形容极为伤心。语出南朝梁江淹《别赋》："使人意夺神骇，心折骨惊。"

8　"角声"句：谓角声在月色中吹响。角，西北游牧民族乐器，后用于横吹（即横笛）曲。吹落梅花月，暗嵌汉乐府横吹曲《梅花落》之名。李白《与史郎中钦听黄鹤楼上吹笛》："黄鹤楼中吹玉笛，江城五月落梅花。"清明已过，当然无梅花可吹落，吹落的只是月（五更时天将明而月西斜，仿佛被角声吹落）。古代的城市中常有角声响起。北宋秦观《满庭芳》："山抹微云，天连衰草，画角声断谯门。"南宋姜夔《扬州慢》："渐黄昏，清角吹寒，都在空城。"

【解读】

作时不详。

此词有的版本有词题作"离别"，但其内容实为词中所说的"忆别"，或曰"伤别"。发端三句点出时地，后二句点出忆别，过片以下则继之以伤别。"咫尺"句尤有意味，使人想起《庄子·德充符》的名句："自其异者视之，肝胆楚越也。"但一是哲语，一是情语，实质并不一样。

词的结语，有的以景语收，有联想之蕴味；有的以情语收，有震撼之效果。此词双句煞尾，写斜月角声中别梦难成的心折骨惊，景色凄迷，情致深婉；情与景谐，境与意融。王士禛以“字字惊心动魄”（《花草蒙拾》）六字称此词，少见如此之高的评价。

蝶恋花

记得画屏初会遇，好梦惊回[1]，望断高唐路[2]。燕子双飞来又去，纱窗几度春光暮。

那日绣帘相见处，低眼佯行[3]，笑整香云缕[4]。敛尽春山羞不语[5]，人前深意难轻诉。

【注释】

1　惊回：惊醒。

2　高唐：宋玉《高唐赋》载楚王游高唐观，梦见巫山神女。后用此典喻男女恋情。

3　佯（yáng 羊）：假装。

4　香云：指女子之发。《诗经·鄘风·君子偕老》："鬒发如云。"

5　春山：喻女子之眉，典出东晋葛洪《西京杂记》："文君姣好，眉色如望远山。"

【解读】

作时不详。

相遇，分离，相思，一首关于回忆的词作。古代篇幅短小的抒情诗词通常不以刻画人物外貌、动作擅长，但也有例外。东坡之前，有晚唐诗人韩偓的《偶见》诗："秋千打困解罗裙，指点醍醐索一尊。见客入来和笑走，手搓梅子映中门。”东坡之后，有南北宋之交李清照的《点绛唇》词：“蹴罢秋千，起来慵整纤纤手。露浓花瘦。薄汗轻衣透。　　见客入来，袜划金钗溜。和羞走。倚门回首。却把青梅嗅。”而东坡此作以其对少女特有情态出神入化的白描厕身其间，曾不觉有丝毫逊色处。

定风波

咏红梅

好睡慵开莫厌迟[1]，自怜冰脸不时宜[2]。偶作小红桃杏色[3]，闲雅，尚余孤瘦雪霜姿[4]。

休把闲心随物态[5]，何事[6]，酒生微晕沁瑶肌[7]。诗老不知梅格在[8]，吟咏，更看绿叶与青枝[9]。

【注释】

1　好睡：睡得香甜。《太真外传》载杨贵妃醉酒未醒，唐明皇谓其“真海棠睡未足耳”（傅干《注坡词》卷四引，今本无）。红梅微类海棠，因用此事。慵开：懒得开放。

2　冰脸：指白梅。不时宜：不合时尚。

3　“偶作”句：谓红梅微红，偶似桃、杏。惠洪《冷斋夜话》卷十：“岭外梅花与中国异，其花几类桃花之色，而唇红香著。”

4　“尚余”句：意谓红梅孤高瘦劲、姿容高洁，实与桃、杏不同。

5　闲心：悠闲之心。随物态：追随世态人情。

6　何事：为什么。

7　瑶肌：肌肤如玉。形容花瓣。

8　诗老：指宋初诗人石曼卿。因其年辈高于作者，故云。

9　“更看”句：指石曼卿《红梅》诗，中有“认桃无绿叶，辨杏有青枝”二句。

【解读】

作时不详。

红梅迟开，仿佛美人贪睡，开篇即不同凡响。次句而下，一转再转。想象“梅”所以“红”，是因冰清玉洁不合时宜，故而不能免俗地仿效桃杏，言外梅当以洁白为品格。此一转也；梅虽仿效桃杏，偶抹浅红，终不能掩其瘦洁淡雅之态，言外梅毕竟是梅，与桃、杏本质不同。此再转也；虽然如此，红梅终不应以闲雅之心随时好俯仰，为何使自己似酒后美人，玉肌生晕呢？此三转也；借前辈诗人石曼卿《咏红梅》句，再次肯定梅格，贬抑桃杏，结束全篇。此四转也。

词作抓住红梅之“红”大做文章，通篇拟人，无中生有，波折摇曳，姿态横生，体现了对咏物词的美学要求，即不即不离而又若即若离，形神兼备而终得其神。作者另有《评诗人写物》一文写道：“林逋《梅花》诗云：‘疏影横斜水清浅，暗香浮动月黄昏。’决非桃李诗也。皮日休《白莲》诗云：‘无情有恨无人见，月晓风清欲堕时。’决非红莲诗。此乃写物之功。若石曼卿《红梅》诗云：‘认桃无绿叶，辨杏有青枝。’此至陋语，盖村学中体也。”

由此可知，词中所以批评石翁“不知梅格在”，既是嫌他以桃杏来与梅相比，更是嫌他的咏梅诗本身拘于形貌，太过切实，稍逊远韵。反观东坡此作，确实是远韵高格，无逊于林、皮之作的。

本词的命意及词句，又见于作者《红梅三首》之一：“怕愁贪睡独开迟。自恐冰容不入时。故作小红桃杏色，尚余孤瘦雪霜姿。寒心未肯随春态，酒晕无端上玉肌。诗老不知梅格在，更看绿叶与青枝。”一再形诸歌咏，可见其自得。

行香子

清夜无尘，月色如银，酒斟时、须满十分[1]。浮名浮利，虚苦劳神。叹隙中驹[2]，石中火[3]，梦中身[4]。　　虽抱文章，开口谁亲[5]？且陶陶乐尽天真[6]。几时归去，作个闲人，对一张琴，一壶酒，一溪云。

【注释】

1　“酒斟”二句：白居易《问少年》：“十分酒写白金盂。”又《雪夜喜李郎中见访兼酬所赠》：“十分满盏黄金液。”

2　隙中驹：喻时光易逝。典出《庄子·知北游》：“人生天地间，如白驹之过隙，忽然而已。”

3　石中火：喻人生短促。古乐府：“凿石见火能几时。”（《文选》卷二六潘岳《河阳县作》二首之一注引）南朝陈释智恺《临终诗》：“石火无恒焰，电光非久明。”北齐刘昼《新论·惜时》：“人之短生，犹如石火，炯然以过。”唐寒山《一自遁寒山》：“日月如逝川，光阴石中火。”

4　梦中身：喻生命虚幻。《关尹子·四符》：“知夫此身如梦中身。”许浑《题苏州虎丘寺僧院》：“万里高低门外路，百年荣辱梦中身。”

5　“虽抱”二句：谓虽有文才却无赏识之人。

6　陶陶：快乐貌。《诗经·王风·君子阳阳》：“君子陶陶。”天真：《庄子·渔父》：“礼者，世俗之所为也；真者，所以受于天也，自然不可易也。故圣人法天贵真，不拘于俗。”后称不为世俗习气所染，保持自然天性。

【解读】

作时不详。

此词可与《满庭芳》（蜗角虚名）对读。“酒斟时、须满十分”，对“百年里、浑教是醉”；“浮名浮利，虚苦劳神”，对“蜗角虚名，蝇头微利，算来著甚干忙”；“几时归去，作个闲人，对一张琴，一壶酒，一溪云”，对“且趁闲身未老”，“幸对清风皓月，苔茵展，云幕高张，江南好，千钟美酒，一曲《满庭芳》”。其主题均是慨叹人世短促、虚无，自然永恒、美好，应该挣脱名缰利锁的羁绊，纯任天然本性，尽享自然美景。

有所不同的是，《满庭芳》自称“闲身”，当作于被贬时期，故作旷放中时见愤激与苦闷；此词云“几时归去，作个闲人”，知作于为官时期，超逸明快的格调中透露出归隐的向往。前者纯用议论，直率激昂；此首抒情与议论结合，雍容舒缓。同中有异，异中有同，这样的作品正值得我们去仔细体味。

行香子

秋　兴[1]

昨夜霜风，先入梧桐[2]。浑无处[3]、回避衰容。问公何事[4]，不语书空[5]。但一回醉，一回病，一回慵。　　朝来庭下[6]，光阴如箭[7]，似无言、有意伤侬[8]。都将万事，付与千钟[9]。任酒花白[10]，眼花乱[11]，烛花红[12]。

【注释】

1　秋兴：因秋感怀。

2　“昨夜”二句：谓秋已至。用韩愈《秋怀诗》十一首之九：“霜风侵梧桐。”

3　浑：全，简直。

4　公：自指。

5　不语书空：《世说新语·黜免》载，晋人殷浩遭黜，整天以手划空，旁人仔细看去，知为“咄咄怪事”四字。后用此典表示郁愤。唐来鹄《偶题二首》之二：“水边箕踞静书空，欲解愁肠酒不浓。”五代徐铉《病题二首》之二：“向空咄咄烦书字，举世滔滔莫问津。”上二句语意实为一句，即“问公‘何事不语书空’”。

6　朝来庭下：谓霜风也。昨夜入梧桐，今朝来庭下。

7　光阴如箭：韦庄《关河道中》：“但见时光流似箭，岂知天道曲如弓。”

8　侬：我。

9　“都将”二句：谓不管万事，只去饮酒。杜甫《绝句漫兴九首》之四：“莫思身外无穷事，且尽生前有限杯。”韩愈《遣兴》：“断送一生唯有酒，寻思百计不如闲。”钟，酒器。

10　酒花：酒沫。唐李群玉《望月怀友》：“酒花荡漾金樽里。”

11　眼花：酒后目眩。李白《侠客行》：“三杯吐然诺，五岳倒为轻。眼花耳热后，意气素霓生。”

12　烛花：灯花。唐唐彦谦《夜坐示友》：“夜久烛花落。”南唐李煜《木兰花》：“归时休放烛花红。”

【解读】

作时不详。

悲秋之作，以宋玉“悲哉秋之为气也”（《九辩》）开其端，继之者不计其数。晋潘岳有《秋兴赋》，唐杜甫有《秋兴》八首，宋欧阳修有《秋声赋》……最短而名最著者或推刘禹锡《秋风引》：“何处秋风至，萧萧送雁群。朝来入庭树，孤客最先闻。”贫寒失意之人特别敏感于时序之更迭、物候之变迁，每逢秋至，便会因“万事劳其形”而“百忧感其心”（《秋声赋》语）。此词别有一题“病起小集”，又有人考证它作于暮年贬逐中，集游子衰翁、逐臣贫士于一身的作者，其“秋兴”就不会是“我觉秋兴逸，谁云秋兴悲”（李白《秋日鲁郡尧祠亭上宴别杜补阙、范侍御》），也不会是“我言秋日胜春朝”（刘禹锡《秋辞二首》之一）了。秋日为一年之衰，恰如暮年为一生之衰，何况作者此时还真的病而初起呢！因而当此“草拂之而色变，木遭之而叶脱”的“霜风”先入梧桐，再入庭下，作者感受到的自然就是“浑无处，回避衰容”、“似无言、有意伤侬”了。

词作融悲自然之秋、悲生命之秋和悲心境之秋为一体。如果说“问君何事，不语书空”显示心情的忧愤，“都将万事，付与千钟”则是显示精神的绝望。词作上下片间存在这种情绪上的递进关系，但衡诸作者的人生道路，却并非这样一种递进的轨迹。作者对人生和社会永远保持了一颗赤子之心，直到生命的最后一刻。

哨遍

春词

睡起画堂[1]，银蒜押帘[2]，珠幕云垂地[3]。初雨歇，洗出碧罗天[4]，正溶溶养花天气[5]。一霎暖风回芳草[6]，荣光浮动[7]，卷皱银塘水[8]。方杏靥匀酥[9]，花须吐绣[10]，园林排比红翠。见乳燕捎蝶过繁枝[11]，忽一线炉香逐游丝[12]。昼永人闲[13]，独立斜阳，晚来情味。　便乘兴携将佳丽[14]，深入芳菲里[15]。拨胡琴语[16]，轻拢慢捻总伶俐[17]。看紧约罗裙[18]，急趋檀板[19]，《霓裳》入破惊鸿起[20]。颦月临眉[21]，醉霞横脸[22]，歌声悠扬云际[23]。任满头红雨落花飞[24]，渐鸩鹊楼西玉蟾低[25]。尚徘徊、未尽欢意。君看今古悠悠，浮宦人间世。这些百岁光阴几日，三万六千而已[26]。醉乡路稳不妨行[27]，但人生、要适情耳[28]。

【注释】

1　画堂：有壁画的居室。

2　银蒜：银质蒜形帘坠，拴于帘幕下端，以防风吹。

3　珠幕：饰有珠玉的帘幕。

4　碧罗：青色丝织品，此喻雨后天色澄净。

5　“正溶”句：谓暮春牡丹花开时。古人认为此时天气轻云微雨，半阴半晴，适宜养花。南唐郑文宝《送曹纬、刘鼎二秀才》：“小舟闻笛夜，微雨养花天。”宋邵雍《暮春寄李审言龙图诗》：“伤酒情怀因小会，养花天气为轻阴。”溶溶，和暖貌。

6　一霎：一阵。回芳草：芳草回绿。

7　荣光：指花木的光泽。

8　银塘：波光粼粼的塘面。南唐冯延巳《谒金门》：“风乍起，吹皱一池春水。”

9　方：正。杏靥（yè 叶）：杏形状微涡，故云。靥，酒涡。匀酥：匀净细嫩。

10　花须：花蕊。

11　捎：掠过。

12　游丝：春季空中所飘蛛丝。

13　永：长。时近夏天，故昼长。

14　将：义同“携”。佳丽：美人。

15　芳菲：花草。

16　拨：弹拨。胡琴：泛指来自北方、西北各族的拨弦、拉弦乐器。从下句看，知其为琵琶。

17　拢、捻：叩弦与揉弦。伶俐：聪灵，谓佳丽。

18　约：束。

19　趋：节拍。此为打节拍。檀板：檀木所制拍板，用以定节拍。杜牧《自宣州赴官入京路逢裴坦判官归宣州因题赠》：“画堂檀板秋拍碎。”

20　《霓裳》：即《霓裳羽衣曲》，传自唐代。入破惊鸿起：唐宋大曲（一种大型歌舞乐曲）分散序、排遍、破三大段，入破为破之第一乐段，至此节奏加快，演唱急促，故舞者动作如惊雁飞起。晋陆机《艳歌行》：“赴曲迅惊鸿，蹈节如集鸾。”以上三句写佳丽随音乐起舞。

21　颦月临眉：谓眉似弯月。颦，皱眉，此为弯义。

22　醉霞横脸：谓脸色红润。

23　悠扬云际：谓歌声响亮。《列子·汤问》：“（秦青）抚节悲歌，声振林木，响遏行云。”

24　红雨：谓落花。李贺《将进酒》：“桃花乱落如红雨。”

25　鳷（zhī 支）鹊楼：南朝楼阁名，在今江苏南京。李白《永王东巡歌》之四：“春风试暖昭阳殿，明月还过鳷鹊楼。”玉蟾（chán 蚕）：皎洁的月亮。蟾，蟾蜍，俗称癞蛤蟆，《淮南子·精神》：“月中有蟾蜍。”后以蟾指月。句谓月低夜深。

26　三万六千：即上句所谓“百岁光阴”，故人所认为的人寿上限。王建《短歌行》：“百年三万六千朝，夜里分将强半日。”

27　“醉乡”句：意谓应一醉方休。醉乡，喻醉中境界。唐王绩有《醉乡记》。

28　适情：顺乎性情。

【解读】

作时不详。

“春词”者，写春天所见所感之词也。虽稍觉冗长，却典雅工稳。何为工稳？词作上片自昼写起，“睡起”二句写室中，“初雨歇”六句写室外，“方杏”五句写花鸟物态，然后用“昼永”三句收住。下片“便乘”二句写游春，“拨胡”二句写闻乐，“看紧”三句写看舞，“鞶月”三句写听歌，“任满”四句写由昼至夜，“君看”以下至末尾，总收。先昼后夜，先室内后室外，先景后情，这就是清人许昂霄《词综偶评》所评的，“层次一丝不紊”。何为典雅？写昼之“溶溶养花天气”，夜之“鸡鹊楼西玉蟾低”；花木之“杏靥匀酥”、“花须吐绣”，人之“独立斜阳，晚来情味”；景之“一霎暖风”、“荣光浮动”，情之“今古悠悠”、“浮幻人世”，在在体现出“笔致纡徐”（陈廷焯《词则·放歌集》卷一）、“闲淡旨趣”（俞陛云《唐五代两宋词选释》）之美。

透过这首词，我们能够看到宋词的另一种美，雍容华贵，端庄典重。它还能让我们认识到，苏东坡原来也有功夫精雕细刻内容无多的词作。一般认为，这类词是前面的柳永和后来的周邦彦才擅长的。